Josef F. Justen

Eine Seele erzählt
aus dem Jenseits

eine spirituelle Biografie

AF130207

Jedes Menschen Geschichte

soll eine Bibel sein

– wird eine Bibel sein.

Novalis

Josef F. Justen

Eine Seele erzählt aus dem Jenseits

eine spirituelle Biografie

Bibliografische Information der Deutschen Nationalbibliothek:
Die Deutsche Nationalbibliothek verzeichnet diese Publikation
in der Deutschen Nationalbibliografie; detaillierte bibliografische
Daten sind im Internet über dnb.dnb.de abrufbar.

© 2019 Justen, Josef F.

Titelfoto: »Clouds« © geralt (Foto von pixabay)

Herstellung und Verlag:
BoD – Books on Demand, Norderstedt

ISBN: 9783734760457

Mein letztes Erdenleben als Johann Hanke
– von 1851 bis 1912

Erlauben Sie, dass ich mich Ihnen zunächst einmal vorstelle. Aber das ist gar nicht so einfach, wie Sie vielleicht glauben mögen.

Ja, wer bin ich eigentlich?
Wo fange ich mit meiner Erzählung an?

Es ist wohl am besten, wenn ich ganz zu Beginn meines letzten Erdenlebens starte und dieses gesamte Leben chronologisch schildere. Genau! Das macht Sinn! Dann kann Ihnen alles ganz gut verständlich werden.

Es ist allerdings nicht notwendig, dass ich über *alle* Einzelheiten meines letzten Erdenlebens berichte. Es ist hinreichend, wenn ich die großen Stationen meines Lebens beleuchte und solche Ereignisse schildere, die sich dann später nach meinem Tod in ganz bestimmter Weise widergespiegelt haben, die also eine besondere Bedeutung für mein *nachtodliches* Leben hatten.

Am 1. Februar anno 1851 erblickte ich in Berlin das Licht derjenigen Welt, in der Sie sich gerade befinden. Meine Eltern waren Emil Hanke und Elisabeth Hanke, geb. Weiss. In diesem, meinem bisher letzten Erdenleben trat ich in der Person des Johann Hanke auf den irdischen Plan.

Wie ich heute weiß, war dieses Leben nur *eine* Episode meiner ewigen Existenz. Es war wie ein Steinchen aus einem großen Mosaik oder wie ein Buch aus einer imposanten Bibliothek.

Kaum hatte die Hebamme mich abgenabelt, schnappte mein Vater mich, hüllte mich in eine warme Decke ein und brachte mich zum Pfarrhaus der nur wenige Straßen entfernt liegenden katholischen Kirche. Mein Vater klopfte an und bat den Pfarrer, mich unverzüglich zu taufen. Es war in dieser Zeit durchaus üblich, dass ein Neugeborenes so schnell wie möglich getauft wurde. Die Sterbensrate der Säuglinge war recht hoch, und man fürchtete, dass ein ungetauftes Kind in die Hölle käme, in der es ewige Qualen zu erleiden hätte. Zumindest lehrten das die katholischen Geistlichen.

Der Pfarrer taufte mich auf den Namen Johann. Johann hieß schon mein Großvater, und es war in dieser Zeit in vielen Familien Brauch, dass der erstgeborene Sohn den Namen seines väterlichen Großvaters erhielt. Da mein Vater auf die Schnelle keinen Taufpaten finden konnte, übernahm der Kirchendiener diese Rolle.

Sie werden sicher denken, dass ich das zu erzählen weiß, weil meine Eltern oder wer auch immer mir das später erzählt haben. Aus der Sicht des Erdenlebens ist das ein ganz plausibler Schluss. Kein Erdenmensch kann sich an das erinnern, was in seinen ersten zwei, drei Lebensjahren passiert ist. Die übliche Erinnerung setzt erst dann ein, wenn das sogenannte Ich-Bewusstsein erstmals aufleuchtet, wenn ein Kind nicht mehr sagt:»Hänschen will einen Keks!«, sondern»*Ich* will einen Keks!« Aber das wissen Sie ja sicher.

Nun gut, ich bin aber kein Erdenmensch mehr. Ich lebe in der Welt, die viele Menschen mit dem im Grunde völlig ungeeigneten Wort»Jenseits« bezeichnen. Und seitdem ich mich im Jenseits ein wenig eingelebt hatte, war es mir wie ganz selbstverständlich möglich, mein komplettes Erdenleben, von meiner Geburt bis zu meinem Tod, in allen Einzelheiten zu überschauen.

Meine Eltern führten in Berlin-Mitte ein Kolonialwarengeschäft, das mein Vater schon von seinem Vater übernommen hatte. Solche Geschäfte, in denen vorwiegend Lebensmittel feilgeboten wurden, gab es früher in allen Städten bzw. Stadtteilen. Der Laden befand sich im Erdgeschoss eines Mehrfamilienhauses. Im ersten Stock dieses Hauses lebten wir in einer recht geräumigen Wohnung zur Miete. Unsere Familie gehörte sicher nicht zu den Reichen der Stadt, aber sie war durchaus gut situiert. Es mangelte uns eigentlich an nichts, zumindest an nichts, was man wirklich benötigte und mit Geld kaufen konnte. Mein Vater stand den ganzen Tag an der Theke und verkaufte den Kunden, was sie wünschten. Auch meine Mutter musste meistens mithelfen. Als ich geboren wurde, hatten meine Eltern schon eine knapp zweijährige Tochter, meine Schwester Margarethe. Fünf Jahre später komplettierte meine jüngere Schwester Barbara die Familie.

Aus meinen ersten fünf, sechs Lebensjahren gibt es von einer Ausnahme abgesehen, auf die ich später noch zu sprechen kommen möchte, nichts Aufregendes zu berichten. Ich hatte ein paar Freunde aus der Nachbarschaft, mit denen ich mich einigermaßen verstand und des Öfteren spielte. Was ich gar nicht mochte, waren diejenigen Spiele, die früher oder später in Toberei oder Balgerei ausarteten, weil ich wohl befürchtete, mir wehtun zu können. Ja, ich war wohl ein kleiner Feigling oder Angsthase.

Am liebsten war ich für mich allein. Dann schaute ich mir oft stundenlang Bilder in irgendwelchen Büchern an oder ließ mir von meiner Mutter oder Großmutter, die ich beide sehr lieb hatte, Märchen oder Geschichten vorlesen oder erzählen. Meine Großmutter, eine weise alte Dame, war die Mutter meiner Mutter. Sie war mein einziger noch lebender Vorfahr aus dieser Generation.

Ich liebte es, tief in die Handlungen der Geschichten einzutauchen und mich mit den Helden oder Guten zu identifizieren. Anschließend ging ich in Gedanken noch einmal die Geschichten durch. Wann immer mir der Ausgang einer Geschichte nicht sympathisch war, änderte ich diesen in meiner Phantasie so, wie es mir lieber gewesen wäre.

Meinen Vater bekam ich in dieser Zeit fast nur an Sonntagen oder zu den gemeinsamen Mahlzeiten zu Gesicht. Er hatte mit der Führung des Geschäftes sehr viel zu tun, so dass er nach Ladenschluss meistens zu erschöpft war, um sich noch intensiv mit uns Kindern beschäftigen zu können.

Meine Eltern waren sehr fromme und gottesfürchtige Leute, die sehr bemüht waren, ihre Kinder im katholischen Sinne zu erziehen. Ich kann mich aus der Zeit meiner Kindheit an keine einzige Mahlzeit erinnern, vor und nach der wir nicht am Tisch gebetet hätten. Selbstverständlich waren auch ein Morgen- und ein Abendgebet an der Tagesordnung. Jeden Sonntag gingen meine Eltern mit uns Kindern in die Kirche, um an der heiligen Messe teilzunehmen. Dieser Kultus mit den bunten Gewändern des Priesters und der Ministranten, dem Altarschmuck, den vielen brennenden Kerzen sowie die feierliche und geheimnisvolle Stimmung haben meine kindliche Seele stark ergriffen.

Das, was der Priester sprach, konnte kaum einer verstehen, da alles in der lateinischen Sprache vorgetragen wurde. Lediglich die Predigten waren in Deutsch. Allerdings war das, was der Priester sagte, für ein Kind im Vorschulalter meistens nicht wirklich zu verstehen. Es durchzuckte mich aber immer wieder, wenn der Priester mit lauter, mahnender, fast drohender Stimme vor dem Teufel oder der Hölle warnte.

Einmal fragte ich nach dem Gottesdienst meine Mutter:»Du Mutti, wer ist der Teufel und was ist die Hölle?«
Mit bedeutungsvollem Ton antwortete sie:»Der Teufel ist ein ganz, ganz böses Wesen! Er ist der Feind des lieben Gottes. Sein Reich ist die Hölle, tief unter der Erde. Er will, dass die Menschen nicht zu Gott in den Himmel, sondern zu ihm in die Hölle kommen. Dort kommen alle bösen Menschen hin. Wenn du immer ganz brav bist, hast du nichts zu befürchten.«

Diese Erklärung bereitete mir eher Angst, als dass sie irgendetwas zu meinem Verständnis beigetragen hätte. Auf jeden Fall war es wohl so, dass man sich vor dem Teufel in Acht nehmen und dass die Hölle ein ganz schrecklicher Ort sein müsste.

Im Alter von sechs Jahren wurde ich im Jahre 1857 eingeschult. Ich kam in die erste Klasse der Volksschule, die für den Bezirk, in dem wir wohnten, zuständig war.

Der Unterricht in der Schule machte mir Spaß. Ich war ganz stolz, schon bald schreiben und lesen zu können. Meine Schwester Margarethe war schon zwei Klassen weiter als ich. Immer wieder borgte ich mir ihre Lesebücher aus, um darin zu schmökern. Mein Lehrer lobte mich häufig dafür, dass ich so gut lesen konnte. Mit meinen Mitschülern kam ich halbwegs gut aus, zumindest stritten wir uns eher selten. Aber die meisten mochten mich nicht sonderlich. Sie hielten mich für einen Streber und für einen Günstling des Lehrers. Ich weiß nicht, ob ich wirklich ein Streber war; ich las einfach gern und viel, so ziemlich alles, was mir in die Finger kam, auch wenn der Inhalt oftmals noch nicht für ein Kind in meinem Alter geeignet war.

Als ich acht Jahre alt war, nahte der Tag meiner Erstkommunion. Vorher stand aber noch meine erste Beichte an, schließlich darf man die geweihte Hostie nur in Empfang nehmen, nachdem man von allen Sünden losgesprochen worden ist. Der Pfarrer – er hieß übrigens Nikolaus Kaufhold – ging in der Woche zuvor mit allen Kommunionkindern noch einmal die Zehn Gebote durch. Den Sinn einiger vermochte ich überhaupt nicht zu verstehen. Dann zählte er uns eine ganze Reihe möglicher Sünden, die man als Kind begangen haben könnte, auf.

Am Vorabend meiner ersten Beichte überlegte ich lange, welche Sünden ich in meinem jungen Leben schon auf mich geladen haben könnte. Ich ging die Beispiele, die der Pfarrer aufgelistet hatte, noch einmal in Gedanken durch und suchte mir dann letztlich diejenigen aus, die mir am passendsten erschienen.

Am folgenden Tag zählte ich dann im Beichtstuhl meine Verfehlungen auf:
»Ich war meiner Mutter gegenüber manchmal ungehorsam. – Ich habe zweimal Süßigkeiten aus dem Geschäft meiner Eltern gestohlen. – Ich war in der heiligen Messe manchmal unaufmerksam. – Ich habe mich oft mit meiner Schwester gezankt. – Ich habe einmal im Religionsunterricht nicht aufgepasst. – Ich habe einige Male gelogen.«

Bevor der Pfarrer mir die Absolution erteilte, sagte er: »Zur Buße musst du noch drei ›Vaterunser‹ und zehn ›Gegrüßet seist Du, Maria‹ beten!« Irgendwie fühlte ich mich von einer imaginären Last befreit und tat gerne, was der Pfarrer mir zur Buße auferlegt hatte. »Jetzt muss ich den Teufel und die Hölle nicht mehr fürchten!«, dachte ich.

Nachdem ich meine erste Beichte in meinen Erfahrungsschatz aufgenommen hatte, hatte ich jetzt auch so eine Art Blaupause für weitere Beichten. In der Tat beichtete ich auch in den nächsten ein, zwei Jahren – nahezu gedankenlos – fast immer die gleichen Vergehen wie bei meiner ersten Beichte. Lediglich variierte ich – so wahrheitsgemäß wie möglich – die Häufigkeit, mit der ich die einzelnen Sünden begangen hatte. So beichtete ich etwa mal, dass ich zweimal Süßigkeiten gestohlen und mich oft mit meiner Schwester gestritten habe, mal, dass ich dreimal Süßigkeiten gestohlen und mich manchmal mit meiner Schwester gestritten habe.

Dann – nach meiner ersten Beichte – folgte der Tag meiner Erstkommunion. Es machte auf mich einen kaum zu beschreibenden Eindruck, als ich zum ersten Mal den Leib unseres Heilands empfangen durfte. Mein erster Gedanke war:»Jetzt bin ich so gewappnet, dass mir der Teufel nichts mehr anhaben kann.« Anschließend stand im Familienkreis eine große Feier an. Neben meinen Eltern und Schwestern nahmen auch meine Großmutter und einige Onkel und Tanten teil. Meine Oma schenkte mir ein kleines, in schwarzes Leder gebundenes Gebetbuch, in dem nicht nur Gebete, sondern auch Kirchenlieder und die Texte der Messfeier gedruckt waren. Dieses Büchlein habe ich mein ganzes Leben lang in Ehren gehalten. Von meinen Eltern bekam ich zwei Bücher, einen Kinderroman und einen Gedichtsband. Meine Onkel und Tanten überreichten mir etwas Spielzeug und Süßigkeiten. Es war wirklich eine schöne Feier, eine Feier, bei der ich mich erstmals im Mittelpunkt des Interesses befand, was ich in meiner Kindheit durchaus noch genießen konnte.

Nachdem ich erstmals die Heilige Kommunion empfangen durfte, war es mir auch möglich, zu den Ministranten zu stoßen, die ich immer schon sehr bewundert hatte, wenn sie am Altar ihren Dienst verrichteten. Ich musste mich gar nicht darum kümmern. Pfarrer Kaufhold kam von sich aus auf meine Eltern zu und meinte:»Ich könnte mir Ihren Sohn ganz gut als Ministranten vorstellen. Haben Sie etwas dagegen?« Meine Eltern hatten natürlich nichts dagegen einzuwenden; ganz im

Gegenteil, sie waren sogar stolz! Auch ich war sehr stolz, dazugehören zu dürfen.

In den folgenden Wochen kamen die neuen Ministranten ein bis zwei Mal pro Woche im Pfarrhaus oder auch in der Kirche zusammen, um das Ministrieren zu erlernen. Den Unterricht leitete meistens der Pfarrer, manchmal auch einer der älteren Ministranten. Das hat mir durchaus gefallen, wenngleich es schon sehr schwierig war, die ellenlangen Stufengebete, die zu Beginn der Messfeier vor den Stufen des Altares gebetet wurden, auswendig zu lernen. Grundsätzlich fiel es mir immer sehr leicht, etwas auswendig zu lernen – und in dieser Zeit musste man in den Schulen noch sehr, sehr viel auswendig lernen. Aber die Stufengebete waren alle in Lateinisch, ich verstand also kein Wort. Da ist es mir dann doch nicht so leicht gefallen, bis ich sie beherrschte.

An dem Morgen, an dem ich zum ersten Mal ministrieren durfte, war ich sehr nervös und aufgeregt. Aber schließlich gewannen die Vorfreude sowie der Stolz, zum erlesenen Kreis der Ministranten zu gehören, die Oberhand. Obwohl nicht alles perfekt lief, machte ich meine Sache ganz gut. Auch in den folgenden Jahren genoss ich es, gewissermaßen im Rampenlicht zu stehen, mit einem farbigen, meist roten Gewand bekleidet dem Priester bei der Zeremonie der Messe assistieren zu dürfen.

Nachdem ich nun Ministrant war, empfand ich es als besonders wichtig, regelmäßig zur Beichte zu gehen. »Ich kann ja nicht am Altar stehen, wenn meine Seele noch voller Sünden ist!«, dachte ich. Nun versuchte ich auch, die Erforschung meines Gewissens am Vorabend einer Beichte mit größerem Ernst anzugehen.

Ja, das mit dem Gewissen war für mich immer so ein Mysterium. Ich fragte mich oft: »Woher kommt eigentlich mein Gewissen? Woher weiß ich, was gut und was böse ist?« Natürlich kannte ich die Zehn Gebote und so allerlei Grundsätze, die mir der Pfarrer, der Religionslehrer und meine Eltern eingetrichtert hatten. Aber das alleine war es nicht.

Selbst als Erwachsener konnte ich mich noch gut an etwas erinnern, was ich im Alter von etwa vier Jahren angestellt hatte. Einer unserer Nachbarn saß vor seinem Haus auf einer Bank und las in einer Zeitung. Als er dann aufstand und ins Haus ging – vermutlich um irgendetwas zu holen – ließ er die Zeitung auf der Bank liegen. Aus einem ganz sonderbaren Drang heraus nahm ich die Zeitung und versteckte sie ein paar Meter weiter in einem Kellerschacht. Diese Tat ließ mir lange Zeit keine Ruhe. Ich litt wie ein Hund, so etwas vermeintlich Fürchterliches getan zu haben. Woher konnte ich als vierjähriger Knirps wissen, dass man so etwas nicht tut? Ganz gewiss hat mir das nie ein Mensch vorher gesagt. Warum litt ich so sehr darunter? Viele meiner Spielkameraden haben weitaus Schlimmeres angestellt, ohne dass ihnen das je zu schaffen gemacht hätte.

Irgendwie hatte ich schon als Kind und Jugendlicher das Gefühl, dass ich das Wissen darüber, was sich schickt und was sich nicht schickt, irgendwoher aus alten Zeiten mitgebracht hätte. Aber woher und aus welchen Zeiten? So absurd mir die Frage selbst immer erschienen war, stellte ich sie mir doch häufig:»War ich vielleicht *vor meiner Geburt* schon einmal da, vielleicht sogar auf dieser Erde?«

Eine meiner Beichten nutzte ich, um meinem Beichtvater dieses Delikt aus Kindertagen vorzutragen.

Auch in den folgenden Jahren genoss ich meine Dienste am Altar. Während der Predigt, die in dieser Zeit oftmals fast eine halbe Stunde dauerte, saßen die Ministranten an der Seite des Altarraumes auf gepolsterten Hockern. Somit war es dann möglich, den Blick mal ins Kirchenschiff, in dem die Gemeinde auf harten Holzbänken der Predigt lauschte, schweifen zu lassen. Ich hatte immer das Gefühl – vielleicht war es aber auch nur eine Einbildung –, dass die Mädchen, die etwa in

13

meinem Alter waren und meistens in den ersten Reihen Platz nahmen, mich bewundernd anschauten. Wie auch immer – ich war sehr, sehr gerne Ministrant. Am liebsten hätte ich mich für jeden Gottesdienst gemeldet!

Als ich so etwa zwölf Jahre alt war, fiel mir während einer Predigt erstmalig ein Mädchen in der zweiten Reihe auf, das mich regelrecht in ihren Bann zog. Das Mädchen hatte recht kurze kastanienbraune Haare und wunderschöne braune Augen. Noch nie zuvor hatte ich ein so hübsches Mädchen gesehen. Es fiel mir schwer, mich auf die Predigt, die für einen jungen Menschen ohnehin meistens nicht zu verstehen war, zu konzentrieren. Immer wieder musste ich zum dem schönen Mädchen schauen. Manchmal trafen sich unsere Blicke. In den folgenden Monaten war das unbekannte Mädchen sehr häufig in der Kirche am gleichen Platz, wenn ich ministrieren durfte. Meine Augen konnten kaum von ihr lassen. Auch sie schaute mich oft an.

Manchmal sah ich sie auch nach dem Gottesdienst von weitem auf dem Kirchplatz. Immer wieder trafen sich unsere Blicke. Hin und wieder nickten wir uns zum Gruße zu. Aber ich hatte einfach nicht den Mut, sie anzusprechen. Dass ein Mädchen einen Jungen anspricht, galt in dieser Zeit als höchst ungebührlich. Ich hatte keine Ahnung, wie sie hieß und wo sie wohnte. Ich gab ihr insgeheim den Namen Ursula.

Diese Beziehung, die ja eigentlich gar keine war, dauerte fast zwei Jahre. Wie oft nahm ich mir vor, sie endlich anzusprechen, aber immer wieder fehlte mir der Mut dazu. Dann – nach knapp zwei Jahren – tauchte sie nicht mehr auf. Sie war wie vom Erdboden verschluckt. Wie ich erst heute weiß, waren ihre Eltern in eine andere Stadt umgezogen. Ich sah sie nie wieder! Aber vergessen konnte ich sie nicht! Selbst im Erwachsenenalter musste ich noch oft an sie denken. Häufig spielte sie in meinen Träumen eine zentrale Rolle.

Nachdem ich dann schon zu den etwas erfahreneren Ministranten gehörte, durfte ich dem Pfarrer auch bei besonderen Anlässen assistieren, etwa bei Beerdigungen, Hochzeiten oder Taufen.

Bei meiner ersten Taufe hörte ich, wie der Pfarrer den Taufpaten drei Fragen stellte:»Widersagt ihr dem Satan?« –»Und all seiner Bosheit?« –»Und all seinen Verlockungen?« Der Pate gab jeweils»Ich widersage« zur Antwort.

Da war er wieder – der Teufel oder Satan. Als ich etwas später vom Pfarrer wissen wollte, was man sich eigentlich unter diesem offensichtlich fürchterlich bösen Wesen vorzustellen habe, gab er mir eine ähnlich unbefriedigende Antwort wie meine Mutter schon vor Jahren.

Mittlerweile hatte ich die Volksschule schon seit zwei Jahren verlassen. Meine Lehrer hielten mich für hinreichend begabt, eine höhere Schule zu besuchen. Mein Klassenlehrer empfahl meinen Eltern, mich auf eine Oberschule zu schicken, damit ich später vielleicht sogar einmal studieren könnte. Meine Eltern waren sehr stolz und stimmten zu. Der Besuch einer höheren Schule war damals noch kostenpflichtig, aber es stellte für meine Eltern keine Belastung dar, das monatliche Schulgeld zu zahlen.

Nun, auf der Oberschule wehte eine anderer Wind. Während mir das Lernen auf der Volksschule immer sehr leicht gefallen war, musste ich mich nun sehr anstrengen, um den Anforderungen zu genügen. Insbesondere die naturwissenschaftlichen Fächer machten mir sehr zu schaffen. Mein absolutes Horrorfach aber war die Mathematik. Diese Zahlen, Formeln und Formen, dieses Hexenwerk, waren einfach nicht mein Ding. So fiel es mir von Jahr zu Jahr schwerer, das Klassenziel zu erreichen. Aber irgendwie habe ich es dann doch immer hinbekommen.

Sehr viel mehr Interesse konnte ich für Fächer wie Geschichte, Erdkunde, Englisch, Latein und Religion aufbringen.

Hier hatte ich nie ein Problem damit, ordentliche Noten zu erzielen. Mein absolutes Lieblingsfach war Deutsch, insbesondere Literatur. Von den Werken Goethes, Schillers und vieler anderer großer Dichter konnte ich nicht genug kriegen.

Woran ich mich auf der Oberschule auch noch gewöhnen musste, waren der Drill, der hier an der Tagesordnung war, sowie die unglaubliche Strenge, mit der die meisten Lehrer zu Werke gingen. Zwar waren auch die Lehrer auf der Volksschule nicht gerade zimperlich, wenn es darum ging, einen Schüler für ungebührliches Benehmen zu bestrafen, aber die Strenge und Härte der Oberschullehrer hatten noch mal eine ganz andere Dimension.

Insbesondere unser Mathematiklehrer, ein gewisser Herr Grewe, kannte kein Pardon, wenn es darum ging, die Schüler zu züchtigen. Während des gesamten Unterrichts hielt er immer einen Rohrstock griffbereit, um diesen gleich einsetzen zu können, wenn er es für angemessen hielt. Bei den kleinsten Vergehen gab es mit diesem Stock fürchterliche Hiebe auf die Fingerspitzen der ausgestreckten Hand. Das tat unglaublich weh! Oft konnte man noch am nächsten Tag die Finger kaum krümmen. Gut, den Rohrstock setzten fast alle Lehrer ein, aber Herr Grewe schlug damit selbst dann zu, wenn ein Schüler eine Frage nicht zu seiner Zufriedenheit beantworten oder eine Aufgabe nicht lösen konnte. Manchmal war er so rasend vor Zorn, dass er keine Zeit mehr fand, den Schüler aufzufordern, ihm seine Handfläche entgegenzustrecken, sondern prügelte wild auf den Ärmsten ein. Da war es ihm ganz egal, welches Körperteil er gerade erwischte. Da ich in Mathematik ein wirklich lausiger Schüler war, bekam ich besonders oft seine Prügel ab. Er schien es bisweilen fast zu genießen, mich zu verdreschen.

Bei meinen Eltern hätte ich mich wegen solcher Vorfälle, unter denen ich bisweilen sehr litt, gar nicht beschweren brauchen. Insbesondere mein Vater vertrat immer die Meinung:»Deine Lehrer sind studierte Leute. Die werden schon wissen, was richtig ist, damit die Schüler ordentlich lernen!« Diese Einstellung zeugte nicht von mangelnder Empathie, vielmehr war es die in dieser Zeit vorherrschende Meinung, dass alles, was Lehrer, Pfarrer und Ärzte sagten und machten, schon seine Richtigkeit hätte.

Nachdem ich wieder einmal von Herrn Grewe ordentlich verprügelt worden war, hatte ich nur einen Gedanken:»Ich will nicht mehr in diese Schule gehen!« Zumindest wollte ich mir eine mehrwöchige Auszeit nehmen. Zunächst hatte ich vor, eine Krankheit zu simulieren. Doch ich fürchtete, dass meine Eltern mir auf die Schliche kommen würden.

Dann kam mir eine ganz verrückte Idee:»Ich muss mir eine Verletzung zuziehen, die keiner übersehen und ignorieren kann.« Schon bald wusste ich, wie ich es anstellen könnte.

Ich suchte mir einen Ziegelstein, nahm ihn und warf mir diesen mit ziemlicher Wucht auf meinen linken Fuß.

Meine Freude über meinen Mut sowie den ›Erfolg‹ übertünchte lange Zeit die Schmerzen. Natürlich erzählte ich zu Hause und beim Arzt, dass es ein dummer Unfall gewesen wäre.

Diese absurde Tat hatte einen komplizierten Bruch des Mittelfußes zur Folge. Dieser Bruch heilte nie vollständig. Die Knochen wuchsen nicht mehr richtig zusammen, so dass mein Fuß etwas deformiert war, einem leichten Klumpfuß vergleichbar.

Auch später in fortgeschrittenem Alter hatte ich hin und wieder an den Folgen zu leiden. Allerdings konnte ich trotzdem einigermaßen normal und schmerzfrei gehen.

Für viele Wochen war ich jetzt vor den Strafmaßnahmen meines Mathematiklehrers sicher.

Als ich in die vierte Klasse der Oberschule versetzt wurde – ich war zu dieser Zeit knapp vierzehn Jahre alt – bekamen wir einen neuen Mitschüler, der erst kürzlich mit seinen Eltern nach Berlin zugezogen war. Ich merkte sehr schnell, dass er, sein Name war übrigens Maximilian, ein ganz besonderer Bursche war. Er hatte blondgelockte Haare und leuchtende blaue Augen. Maximilian war ein Jahr älter als ich. Das war aber nicht der einzige Grund dafür, dass er einen ungleich vernünftigeren und gescheiteren Eindruck machte als alle anderen in der Klasse. Die meisten meiner Klassenkameraden konnten mit Maximilian nicht viel anfangen. Das war bei mir ganz anders; er zog mich geradezu magnetisch an, und umgekehrt war es nicht viel anders.

So blieb es nicht aus, dass wir uns schon nach wenigen Tagen anfreundeten. Über Jahre hinweg blieben wir dicke Freunde. Wir trafen uns fast jeden Nachmittag, um miteinander zu lernen und über Gott und die Welt – und manchmal auch über den Teufel – zu reden. Zum Glück war mein Freund sehr gut in Mathematik, so dass er mir vieles erklären konnte, was ich in der Schule bei dem besagten Herrn Grewe nicht verstanden hatte. Somit hatte ich auch nur noch ganz, ganz selten seine Prügelattacken zu spüren bekommen.

Maximilian hatte auch großes Interesse an Literatur, so dass wir viel gemeinsam lasen und anschließend darüber redeten. Sein Lieblingsdichter war Gotthold Ephraim Lessing. Natürlich hatte ich schon von Lessing gehört, aber gelesen hatte ich noch nichts von ihm. Auch in der Folgezeit konnte ich mich zunächst nicht dazu entschließen, ein Werk von ihm in die Hand zu nehmen.

Im Jahre 1867 – ich war soeben in die vorletzte Klasse der Oberschule versetzt worden – trat erstmals ein Ereignis in mein noch junges Leben, das mich in tiefste Traurigkeit stürzte: Meine geliebte jüngere Schwester Barbara starb. Während ich zu meiner älteren Schwester Margarethe ein eher etwas unterkühltes, vielleicht sogar schlechtes Verhältnis pflegte, liebte ich meine kleine Schwester sehr.

Als sie noch nicht in der Schule war, las ich ihr fast jeden Abend Geschichten aus meinen Schulbüchern oder irgendwelchen Kinderbüchern vor. Sie sah in mir den großen Bruder, der sie beschützte. Sie war schon immer etwas schwächlich und kränklich gewesen. Nun bekam sie plötzlich hohes Fieber. Trotz aller ärztlichen Bemühungen wollte das Fieber nicht weichen. Wenige Tage später lag sie tot in ihrem Bett. Sie war gerade einmal elf Jahre alt. Es war das erste Mal, dass ich hemmungslos geweint habe.

Der Schmerz hielt noch wochenlang, vielleicht sogar monatelang an. Ich vermisste die kleine Babsi sehr. Immer wieder stellte ich mir Fragen wie:»Warum muss so ein junger, lieber Mensch sterben? Was ist der Sinn dieses frühen Todes?« Nachts, wenn ich nicht schlafen konnte, grübelte ich darüber nach, wo sie jetzt wohl sein könnte und wie es ihr wohl dort ergehen würde.

Eines wusste – oder besser gesagt fühlte – ich genau:»Sie ist nicht ausgelöscht. Sie lebt irgendwo weiter, vermutlich im Himmel.« Viele Träume, die ich in dieser Zeit hatte und in denen Barbara auftrat, schienen meine Ansicht untermauern zu wollen.

Schon etwa ein Jahr zuvor hatte ich mich aus dem Kreis der Ministranten verabschiedet. Auch die sonntäglichen Gottesdienste besuchte ich nur noch hin und wieder. Aber zu unserem Pfarrer, Herrn Kaufhold, der auch Barbara beerdigt hatte, besaß ich nach wie vor einen ganz guten Draht. So suchte ich ihn eines Tages auf und legte ihm die Fragen vor, die mich so sehr bewegten.

Er dozierte:»Ganz genau kann dir diese Fragen nur der liebe Gott beantworten. Wo sie jetzt ist und wie es ihr dort ergeht, kann kein Mensch wissen. Schließlich ist noch keiner, der gestorben ist, zurückgekommen. Allerdings müsstest du als guter Katholik dir einige deiner Fragen doch selbst beantworten können. Barbara war ein gutes, frommes und sehr anständiges Mädchen. Deswegen hat Gott sie auch so lieb und schon früh zu sich gerufen. Sie hat noch keine großen Sünden begangen. Vermutlich ist sie jetzt im Fegefeuer. Das ist so eine Art Zwischenstation, in der sie sich noch von ein paar kleinen Unvollkommenheiten befreien muss. Da sie ein braves Christenmädchen war, wird sie dann schon bald in den Himmel kommen, wo sie Gott von Angesicht zu Angesicht schauen und ihn zusammen mit den Engeln und allen Heiligen loben und preisen wird. Die Hölle muss deine Schwester ganz gewiss nicht fürchten. Der Teufel kann ihr nichts anhaben. Und durch die Erlösungstat unseres Herrn Jesus Christus wird sie am Jüngsten Tage auferstehen und für immer himmlische Freuden genießen können.«

Ich konnte mich des Eindrucks nicht erwehren, dass der Pfarrer auch nicht wirklich wusste, was mit einer Seele nach dem Tode geschieht. Das, was er von sich gab, erschien mir wie auswendig gelernte Floskeln. So stellte ich ihm nur noch eine mehr rhetorische Frage:»Ja, heißt das denn, dass Gott alle anderen guten, frommen und anständigen Mädchen, die er nicht schon in jungen Jahren zu sich holt, *nicht* liebt?«

Ohne die Antwort abzuwarten, bedankte und verabschiedete ich mich.

Auf dem Heimweg dachte ich noch:»Gott wäre aber sehr egoistisch, wenn er ein Kind, das er liebt, zu sich holen und es damit den Menschen, die es auch sehr lieben, wegnehmen würde.«

Doch meine Fragen wollten mir einfach keine Ruhe lassen. Kurze Zeit später griff ich in einem Gespräch mit meinem Freund Maximilian das Thema erneut auf. Ich wusste, dass er keiner christlichen Religion angehörte. Daher hielt ich ihn eigentlich nicht für kompetent, meine Fragen zu beantworten. Da er aber ein äußerst kluger Kopf war und da ich ihn sehr mochte, entschloss ich mich dann doch, ihm von dem zu berichten, was mich so sehr beschäftigte.

Statt einiger kurzer, klarer, mir verständlich und einsehbar erscheinenden Antworten auf meine Fragen entspann sich ein abendfüllendes Gespräch. Maximilian hörte mir aufmerksam zu, schwieg eine Weile, bevor er begann:»Du hast sicher bemerkt, dass ich bisher in unseren Gesprächen immer Themen, die etwas mit Religion oder Glauben zu tun haben, ausgespart habe. Ich kenne ja in etwa deine religiöse Einstellung und wollte dich in deinen religiösen Gefühlen und Empfindungen nicht verletzen. Mit kaum etwas anderem kann man seine Mitmenschen heute mehr brüskieren, als wenn man etwas gegen ihre Religion oder das, was diese lehrt, sagt.«

»Das macht mir nichts aus! Rede ruhig weiter!«, sagte ich.

Mein Freund fuhr fort:»Wie du weißt gehören meine Eltern und ich keiner Religion an. Mein Vater ist so etwas wie ein Freigeist, der sich in spirituellen Belangen nicht von irgendwelchen Dogmen oder Lehrmeinungen einschränken lassen will. Das heißt allerdings ganz gewiss nicht, dass er irreligiös oder gar Atheist wäre. Er befasst sich sehr intensiv mit den verschiedensten Quellen unterschiedlicher Religionssysteme und spiritueller Strömungen, die etwas über die Themen, die dich bewegen, aussagen können. Mich hat er in genau diesem Sinne erzogen, und dafür bin ich ihm dankbar.«

Bevor wir auf meine Fragen eingehen konnten, wollte ich noch wissen:»Was ist denn so schlecht am katholischen Glauben?«

»Nun, was heißt schlecht?«, sagte er.»Es gibt einige Punkte, die meiner Meinung nach falsch oder gar bedenklich sind. Fangen wir mal mit der Hölle an. Was muss man für ein Gottesbild haben, um glauben zu können, dass Menschen mit *ewigen* Höllenqualen bestraft werden! Wie verträgt sich das mit eurem Glauben, den auch ich teile, an einen liebevollen, gütigen Gott? Die Lehre von den Höllenstrafen ist ein Druckmittel, das die Kirche ganz gezielt einsetzt, um ihre Gläubigen in Angst und Schrecken zu versetzen. Das macht sie gefügig, das hält sie bei der Stange, das nötigt ihnen ab, der Kirche viel zu spenden, weil sie die wahnwitzige Vorstellung eingeimpft bekommen haben, sich dadurch ihr Seelenheil erkaufen zu können. Ähnlich verhält es sich meines Erachtens mit dem, was die Katholiken als Fegefeuer bezeichnen. Ich will nicht ausschließen, dass es so etwas ähnliches gibt, aber da geht es gewiss nicht um eine Bestrafung. Erst recht halte ich es für einen Unsinn, wenn behauptet wird, der Teufel quäle und peinige die Menschen im Fegefeuer. Die Kirche will ihre Schäfchen auf der Kindheitsstufe halten, da sich Kinder besser als Erwachsene führen und manipulieren lassen.«

Ich musste zugeben, dass ich das von dieser Seite noch nie betrachtet hatte. Aber es schien mir durchaus logisch und plausibel. Maximilian führte seine Sicht der Dinge weiter aus: »Dann ist es sehr fragwürdig, dass die Kirche euch Lehren vorsetzt, an die ihr unbedingt glauben müsst, die ihr nicht hinterfragen dürft, so wie du es jetzt erfreulicherweise tust. Die Menschen müssten langsam bereit sein, sich Erkenntnisse vermöge ihrer Denkkräfte selbst zu erwerben. Sie dürfen sich nicht mehr von irgendwelchen Autoritäten gängeln lassen. Wozu hat uns Gott den Verstand gegeben?«

Wie mir heute klar ist, war mein Freund da seiner Zeit schon weit voraus. Den meisten Menschen war es damals durchaus angenehm, wenn ihnen das, was sie glauben sollten, vorgekaut wurde. Dann mussten sie sich nicht selbst bemühen und anstrengen.

Ich legte Maximilian nochmals meine Ausgangsfragen, die durch Barbaras Tod in mir aufkeimten, vor. Seine sehr ausführliche Beantwortung konnte ich zu diesem Zeitpunkt noch nicht annähernd verstehen. Nur einige Worte, die ich zuvor noch nie gehört hatte, blieben in mir wie eingebrannt: »geistige Welt«, »kosmisches Bewusstsein«, »Karma«, »Wiedergeburt« bzw. »Reinkarnation«, obwohl ich nicht wirklich wusste, was genau damit gemeint war.

Ich fühlte mich von Maximilians Ausführungen wie erschlagen. »Wie ist es möglich, dass der Bursche, der gerade einmal ein Jahr älter als ich ist, über solche Dinge, von denen ich noch nie etwas gehört hatte, wie ein Professor doziert?«, dachte ich erstaunt und meinen Freund bewundernd zugleich. Maximilian bemerkte, dass er mich mit Dingen, die ich noch nicht kannte, überfrachtet hatte und machte eine entschuldigende Geste.

Ja, ich war in der Tat mit neuen Gedanken und Begriffen überfrachtet und hoffnungslos überfordert. Doch einer der Begriffe hatte auf mich einen geradezu unauslöschlichen Eindruck gemacht: Wiedergeburt bzw. Reinkarnation. Mir kam gleich wieder in den Sinn, dass ich als Kind manchmal das dumpfe Gefühl hatte, mein Gewissen könne eine Folge davon sein, dass ich schon einmal dagewesen war, *bevor* ich geboren wurde. Dennoch erschien es mir lange Zeit eine absolut absurde Idee zu sein, dass jeder Mensch mehrmals auf der Erde geboren wird.

»Wie ist das möglich und was ist der Sinn dieser wiederholten Erdenleben? Außerdem, wenn da etwas dran wäre, so hätte ich davon sicher schon einmal im Religionsunterricht gehört«, dachte ich. Ich beschloss, ohne meinem Freund das so deutlich zu sagen, Reinkarnation für ein Hirngespinst zu halten. Dennoch ging mir dieser Begriff nie wieder so richtig aus dem Kopf.

Mein Freund und ich sprachen nach diesem Abend nie wieder über diese Themen. Auch wenn ich das meiste, was er mir als Antwort auf meine Fragen gegeben hatte, nicht verstand, so verspürte ich so etwas wie eine innere Befriedigung. Irgendwie war mir unterbewusst mehr denn je klar, dass ich mir um meine verstorbene Schwester keine Sorgen machen müsste. Mit meinen Eltern über solche Dinge zu reden, war nicht möglich. Sie waren so erzkatholisch, dass sie vermutlich einen Exorzisten bestellt hätten, wenn sie die Worte, die ich soeben kennengelernt hatte, aus meinem Munde vernommen hätten. Ich war ohnehin schon froh, dass sie mich nicht zum regelmäßigen Besuch des Gottesdienstes zwangen oder zumindest ermahnten. Nur noch selten verspürte ich das Bedürfnis, in die Kirche zu gehen.

Meine Begeisterung für Literatur war die Triebfeder, dass ich in diesen Jahren hin und wieder versuchte, eigene Gedichte und Kurzgeschichten zu schreiben. Immer wenn ich gerade wieder einmal mit einem Werk fertig war, legte ich es meinem Freund, manchmal auch meiner Mutter oder meiner Großmutter vor. Das Lob meiner Probeleser war eher sparsam. Lediglich meine Oma meinte: »Du hast wirklich Talent, Junge! Glaube mir! Mache etwas daraus!« Dass Maximilian, dessen Meinung mir immer sehr wichtig war und der mir in diesem Punkt kompetenter als meine Oma erschien, keine allzu lobenden Worte für meine schriftstellerischen Bemühungen fand, schien mir deutlich zu machen, dass es mit meinem Talent wohl doch nicht gut bestellt sein müsse.

Dennoch gab ich es lange Zeit nicht ganz auf, dieses Ziel zu verfolgen. Wann immer mich die Muse küsste, setzte ich mich wieder hin und brachte meine Gedanken zu Papier.

Die Liebe zur Literatur brachte es auch mit sich, dass ich mich der Theatergruppe, die kurz vorher an der Schule gegründet worden war, anschloss. Schon bald besetzte der Theaterleiter, ein Deutschlehrer der Schule, sogar Hauptrollen mit mir. Die Aufführungen erfolgten in der Aula der Schule vor der Elternschaft. Manchmal spielten wir auch an anderen Schulen. Es tat gut, nach einer Aufführung den warmen Applaus des Publikums zu genießen. Schon in meiner Ministrantenzeit liebte ich es, in einem schönen Gewand mit vorgegebenen Texten und Handlungen im Blickpunkt zu stehen.

Mein leicht deformierter Fuß hat mich bei meinen Auftritten eigentlich nie eingeschränkt. Ich hätte allerdings keine Rolle spielen können, die es erfordert hätte, auf der Bühne sehr schnell zu laufen oder zu springen.

Sowohl das Schreiben als auch das Theaterspielen machten mir großen Spaß. In mir keimte ein wenig die Hoffnung auf, dass meine berufliche Laufbahn vielleicht in diese Richtung gehen könnte. Aber mir war klar, wie schwer es sein würde, da Fuß zu fassen.

Im folgenden Jahr wurde ich in die letzte Klasse der Oberschule versetzt. Es war kein schönes Jahr! Maximilian wanderte mit seiner Familie nach Amerika aus und verließ Berlin für immer. Sein Vater nahm dort an einer renommierten Klinik eine Stellung als Chefarzt an. Ich war fast so traurig wie bei dem Tod meiner Schwester, als mein Freund und ich uns verabschiedeten. Es war ein Abschied für dieses ganze Leben. Ich sah ihn auf der Erde nie wieder! Hin und wieder schrieben wir uns noch Briefe. Diese Korrespondenz war aber nur ein völlig unzureichender Ersatz für unsere vielen, oft stundenlangen Gespräche. Einen solch guten und seelenverwandten Freund fand ich in diesem Leben eigentlich nie wieder!

Da ich in den letzten Jahren fast die ganze Zeit mit ihm zusammen war, hatte ich wenig Kontakt zu anderen Mitschülern oder Nachbarn. So ging ich als recht einsamer junger Mann durch das letzte Schuljahr.

Obwohl mir mein Freund sehr fehlte, war das letzte Schuljahr in mancherlei Hinsicht angenehmer als die vorigen. Das lag zum einen ganz gewiss daran, dass die Lehrer uns jetzt wie erwachsene Menschen behandelten. Keiner wäre mehr auf die Idee gekommen, uns zu züchtigen. Selbst Herr Grewe, der uns immer noch nicht erspart blieb, war wie ausgewechselt. Zum anderen hatte ich jetzt auch nicht mehr so große Mühe, den Unterrichtsstoff in Mathematik und den naturwissenschaftlichen Fächern aufzunehmen. Auch wenn ich auf diesen Gebieten nicht gerade eine Leuchte war, so reichten meine Leistungen doch leicht aus, um die Abschlussprüfung zu bestehen.

Meine große Vorliebe galt aber nach wie vor der Literatur. Vermutlich hatte ich schon mit achtzehn Jahren mehr Werke gelesen als mein Deutschlehrer.

Schon längere Zeit, bevor ich die Oberschule absolviert hatte, hatte ich ja einen Berufstraum: Es war mein größter Wunsch,

Schriftsteller oder Theaterschauspieler oder auch beides zu werden. Aber ich wusste, dass das nicht so ohne weiteres möglich sein würde. Da brauchte man schon sehr gute Beziehungen, die ich nicht hatte. Außerdem zweifelte ich – insbesondere was die Schriftstellerei anging – doch ziemlich an meinem Talent.

So musste ich einen Kompromiss finden und kam zu dem Entschluss, Deutsch und Geschichte zu studieren, um später als Lehrer an einer Real- oder Oberschule zu unterrichten. Ich dachte:»Dann habe ich zumindest viel mit Literatur zu tun und kann an der Schule, an der ich angestellt sein werde, vielleicht eine Theatergruppe gründen. Außerdem kann ich dann ja nebenher noch der Schriftstellerei frönen.«

Aufgrund meiner Fußdeformation hatte ich das Glück, nicht zum Militär eingezogen zu werden, obwohl der Deutsch-Französische Krieg schon vor der Tür stand. So konnte ich noch im gleichen Jahr 1870 mit dem Studium an der Berliner Universität beginnen.

Da meine Eltern nicht gerade zu den Ärmsten der Stadt gehörten, ergaben sich auch keine finanziellen Probleme. Meine Eltern waren recht stolz, dass ihr Sohn eine Hochschule besuchte und zahlten alles Notwendige gerne. Da die Universität ganz in der Nähe unserer Wohnung war, konnte ich daheim wohnen bleiben, wodurch sich die Kosten für mein Studium in Grenzen hielten. Nur meine Schwester Margarethe, zu der ich nach wie vor kein gutes Verhältnis gewinnen konnte, war ein wenig missgünstig. Sie war durchaus begabt und hätte auch gerne die Oberschule besucht. Aber unsere Eltern hatten ihr Ansinnen mit der Begründung, ein Mädchen bräuchte keine höhere Schulbildung, da es ohnehin jung heiraten würde, abgelehnt. So musste meine Schwester schon nach der Volksschule im elterlichen Laden arbeiten.

Das Studium machte mir vom ersten Tage an großen Spaß. Ich war mir von Anfang an sicher, die richtigen Fächer gewählt zu haben. Am Nachmittag, wenn die Vorlesungen und Seminare vorbei waren, verbrachte ich oft noch ein paar Stunden in der Universitätsbibliothek. Hier bereitete ich das in den Vorlesungen Gehörte nach und erledigte die Aufgaben, die der Professor uns gab. Anschließend stöberte ich noch in dem unfassbar großen Bestand an literarischen Werken. Wöchentlich lieh ich mir mindestens eines aus, um es daheim in Ruhe zu lesen.

Schon bald kam ich fast zwangsläufig mit einigen Kommilitonen in Kontakt. Mit zwei von ihnen, die das gleiche Berufsziel wie ich hatten, freundete ich mich ein wenig an. Der eine hieß Fritz, der andere Günter. Auch wenn es nie zu einer sehr engen Beziehung zwischen uns kommen sollte, so verbrachten wir doch recht viel Zeit miteinander.

Allerdings war es eher selten so wie früher mit Maximilian, der mir immer noch sehr fehlte, dass wir uns über tiefsinnige Themen unterhielten. Sie waren an spirituellen Themen nicht interessiert. Insbesondere Günter war ein krasser Materialist. Er glaubte nur an das, was er mit eigenen Augen sehen konnte. Ein Leben nach dem Tod hielt er für Pfaffengeschwätz, wie er einmal sagte.

Wir trafen uns meistens an den Wochenenden abends in einer Eckkneipe. Natürlich sprachen wir schon über Themen, die etwas mit unserem gemeinsamen Studium und Berufsziel zu tun hatten, aber meistens redeten wir über ganz banale, alltägliche Dinge. Selbstverständlich war auch das andere Geschlecht etwas, worüber wir uns austauschten. Alle drei waren wir in diesem Punkt ziemlich schüchtern und völlig ungeübt in der Konversation mit Damen.

Dann soll nicht unterschlagen werden, dass an solchen Abenden der Konsum von Alkohol nicht gerade gering war. Ich bevorzugte Bier vom Fass. Da gingen oftmals schon einige Gläschen über die Theke. Hin und wieder gönnte ich mir auch einen Schnaps. Den leichten Rausch, den ich nach ein paar Gläschen bekam, empfand ich als durchaus angenehm, irgendwie als entspannend. Außerdem genossen fast alle Männer Alkohol. Da wollte man ja keine Ausnahme machen.

Auch wenn ich weit davon entfernt bin, diese Gewohnheit schönzureden, so muss ich doch sagen, dass ich in dieser Zeit zu den wenigen gehörte, die sich nie so betranken, dass sie nicht mehr allein nach Hause fanden.

Eines Nachmittags, ich muss wohl so im dritten oder vierten Semester gewesen sein, saß ich wieder einmal – wie so oft – in der Universitätsbibliothek und bereitete eine Vorlesung nach. Plötzlich betrat ein junges Fräulein den Raum, das hier noch nie gesehen wurde. Überhaupt bekam man an der gesamten Universität sehr wenig Frauen zu Gesicht, aber so eine schöne, anmutige junge Dame hat man wahrscheinlich in ganz Berlin noch nicht gesehen. Sie trug ein sehr auffälliges, fast festliches langes Kleid und einen kleinen Hut.

Sie können sich vorstellen, dass alle Studenten ihren Blick auf sie richteten. Da machte ich keine Ausnahme. Ich war fasziniert. Dann traf es mich wie ein Blitz, als ich feststellte, dass sie meinen Blick erwiderte. Die Dame nahm sich ein Buch und setzte sich im Abstand von einigen Metern mir gegenüber an einen Tisch und erweckte den Eindruck, als würde sie lesen. Immer wieder trafen sich unsere Blicke. Und ich konnte es kaum fassen – sie lächelte mir freundlich zu!

»Geh zu ihr! Sprich sie an!«, schien irgendetwas in mir zu fordern. Aber ich war immer noch viel zu schüchtern sowie unsicher und ungeübt, was den Umgang mit dem anderen Geschlecht angeht, dass ich wie gelähmt sitzen blieb. Etwa eine viertel Stunde später ließ das hübsche Fräulein so, dass es mir nicht entgehen konnte, ein weißes Taschentuch zu Boden fallen. Damals wusste ich noch nicht, was diese Geste zu bedeuten hatte. Ich versäumte es erneut, zu ihr hin zu gehen, und musste mit ansehen, wie ein anderer Student es ein paar Sekunden später aufhob und dem Fräulein überreichte. Kurz danach stellte die hübsche Dame ihr Buch ins Regal zurück und verließ den Raum. Sie warf mir noch einen kurzen Blick zu, in dem ich eine gewisse Enttäuschung ablesen zu können glaubte.

Ich ärgerte mich noch Wochen später über meine Feigheit, sie nicht angesprochen zu haben. Ich sah sie nie wieder. »Habe ich da vielleicht eine große Chance verspielt?«, dachte ich.

Die letzten Semester auf der Universität verliefen eher unspektakulär. Ich lernte viel, aber es machte mir durchaus Freude. Mit meinen Kommilitonen war ich jetzt nicht mehr so regelmäßig unterwegs. Ich hatte in dieser Zeit mit meinem Studium genug zu tun. Im Frühjahr anno 1873 schloss ich mein Studium mit gutem Erfolg ab und versuchte, eine Anstellung als Lehrer an einer geeigneten Schule zu finden.

Da ich unbedingt in meiner Heimatstadt, die sich nun langsam anschickte, eine Weltmetropole zu werden, bleiben wollte, gestaltete sich die Suche als etwas schwierig. Es gab sehr viele Kandidaten aus dem ganzen Land, die eine Stelle als Deutschlehrer in Berlin suchten.

Ende des Jahres – ich war immer noch auf der Suche nach einer Stelle als Assistenzlehrer – gab es zwei Todesfälle in meiner Familie. Innerhalb weniger Tage starben zunächst mein Vater und dann meine Großmutter.

Während Omas Tod irgendwie absehbar war, da sie schon weit mehr als achtzig Jahre zählte, kam der Tod meines Vaters doch sehr überraschend. Schließlich war er erst Mitte fünfzig und nie ernsthaft krank gewesen.

Trotzdem schmerzte mich der Tod meiner Oma mehr als der meines Vaters. Irgendwie waren wir beide uns sehr ähnlich. Insbesondere in meiner Kindheit und Jugend war ich häufig mit ihr zusammen und konnte mit ihr über alles reden. Mit meinem Vater hatte ich ganz gewiss kein schlechtes Verhältnis. Er verhielt sich mir gegenüber immer sehr korrekt und großzügig. Er war mir allerdings seelisch nicht so nah wie meine Oma, meine Mutter oder meine kleine Schwester Babsi.

Der Tod meiner beiden Vorfahren war der Anlass, dass ich seit langer Zeit mal wieder in die Kirche ging. Natürlich war ich es ihnen schuldig, an der Trauermesse, die der Beisetzung voranging, teilzunehmen. Ich konnte gar nicht so genau sagen, warum ich mit der katholischen Kirche gebrochen hatte. Der Anlass war wohl das unbefriedigende Gespräch mit dem Pfarrer nach Babsis Tod und die Einsicht, dass die Kirche nichts zu den Fragen, die mich und viele andere bewegten, beizutragen in der Lage war. Vielleicht war ich ja auf dem Weg, ein Freigeist zu werden, wie es mein über alle Maßen geschätzter Freund Maximilian war.

In den folgenden Tagen und Wochen kümmerte ich mich viel um meine Mutter, die ihren Mann sehr vermisste und in deren Wohnung ich ja nach wie vor lebte. Zusammen mit meiner Schwester Margarethe half ich ihr bei der Arbeit im Geschäft. Aber ich kam mit meiner älteren Schwester nach wie vor nicht klar. Insbesondere ihre dauernde Besserwisserei und Rechthaberei gingen mir auf die Nerven. Natürlich kannte sie sich in dem Metier viel besser aus als ich, aber so schlecht war das, was ich zu machen versuchte, gewiss auch nicht.

Da kam es mir sehr recht, dass ich wenige Monate später, im Frühjahr 1874, eine Benachrichtigung von einer Oberschule erhielt, dass ich unverzüglich dort eine Stelle als angehender Deutsch- und Geschichtslehrer antreten könnte. Die Schule lag in einem anderen Berliner Stadtteil. Ich sagte sofort zu und suchte nach einer passenden Bleibe in der Nähe der Schule. Sehr schnell fand ich ein möbliertes Zimmer in einer Wohnung, wo ich zur Untermiete wohnen konnte.

Voller Enthusiasmus und Vorfreude betrat ich an meinem ersten Arbeitstag das Schulgebäude. Die Schule war nicht so groß und auch nicht so schön wie die, welche ich früher als Schüler besucht hatte. Aber von solchen Äußerlichkeiten ließ ich mich nicht entmutigen.

Der Rektor nahm mich nach kurzer Begrüßung in Empfang und stellte mich im Lehrerzimmer dem Kollegium, das nur aus Männern bestand, mit den Worten vor:»Werte Kollegen, darf ich Ihnen unseren neuen Assistenzlehrer, Herrn Hanke, vorstellen. Wie Sie sehen, ist er noch sehr jung und wird erst noch seine Erfahrungen sammeln und sich seine Sporen verdienen müssen.«

Die neuen Kollegen begrüßten mich mit leichtem Kopfnicken.

Dann fuhr der Rektor fort:»Kollege Hillebrand, nehmen Sie wie bereits besprochen den jungen Kollegen unter Ihre Fittiche.«

So wurde also Herr Hillebrand, ein älterer, sehr großer und dicker Mann, den man in den Unterrichtspausen nie ohne eine Zigarre im Mund zu sehen bekam, mein Mentor. Er ging gleich behäbigen Schrittes auf mich zu und sagte:»So, junger Mann! Dann kommen Sie einmal mit mir in den Unterricht! Dann können Sie sich abschauen, wie man eine gute Unterrichtsstunde hält.«

Die erste Stunde mit Herrn Hillebrand führte mich in die fünfte Klasse der Schule. Als er das Klassenzimmer betrat, standen alle Schüler blitzartig auf und standen fast eine Minute stramm wie Soldaten, bevor der dicke Hillebrand sagte:»Guten Morgen! Setzen!« Ganz so extrem hatte ich das in meiner eigenen Schulzeit nicht erlebt.

Herr Hillebrand legte eine seiner bärenartigen Pranken auf meine Schulter und fuhr fort:»Den jungen Mann hier werdet ihr jetzt öfters sehen. Er will auch einmal Lehrer werden.« Sein Ton klang dabei ein wenig ironisch. Er hielt es nicht einmal für nötig, meinen Namen zu nennen. Die Schüler begrüßten mich artig, und ich setzte mich in die letzte Reihe und sah meinem Mentor bei seiner Arbeit zu.

In dieser und auch in den nächsten Deutschstunden dieser Klasse war Friedrich Schillers Werk »Die Glocke«, das ich in jungen Jahren schon mehrmals selbst gelesen hatte, das zentrale Thema.

Die Art und Weise wie mein Mentor über dieses Stück sprach und es zu interpretieren suchte, fand ich mehr als daneben. Auch seine gesamte Unterrichtsführung stieß mich regelrecht ab. Eigene Meinungen der Schüler, selbst wenn diese meines Erachtens durchaus nachvollziehbar waren, wies er ohne große Begründung schroff ab. Die Strafmaßnahmen, zu denen er sich öfters genötigt zu sehen schien, waren fast unmenschlich. Oft schäumte er vor Wut und drosch auf den Schüler, den es seiner Ansicht nach zu bestrafen galt, wie ein Berserker ein.

Auch seinen Unterricht in den anderen Klassen und zu anderen Themen empfand ich als äußerst langweilig und bisweilen regelrecht abstoßend.

Über ein Jahr musste ich ihn wie ein kleiner Hund von Unterrichtsstunde zu Unterrichtsstunde begleiten. Nur wenn er Latein unterrichtete, musste ich ihm nicht folgen, da ich ja für dieses Fach nicht ausgebildet war.

In den Pausen fragte er mich oft ein wenig von oben herab: »Na, junger Freund! Sie haben heute sicher wieder eine Menge gelernt!«

Mir war klar, dass es keinen Sinn machen würde, ihm meine wirkliche Meinung zu sagen, und so sagte ich meistens nur: »Ja, allerdings!« und dachte mir dabei: »Ja, allerdings habe ich heute wieder gelernt, wie ich es später ganz gewiss *nicht* machen werde.«

Eines Tages, meine Assistenzzeit neigte sich schon dem Ende entgegen, verwickelte mich Herr Hillebrand während einer Pause im Lehrerzimmer in ein Gespräch: »Was sind denn so Ihre Lieblingsschriftsteller, junger Freund?«

Die Frage überraschte mich ein wenig, so dass ich erst nach einer ganz kurzen Pause antworten konnte:»Auf jeden Fall Goethe und Schiller, aber auch Herder, Jean Paul, um nur einige zu nennen.« Mein Mentor antwortete:»Ja, ja, das ist in Ordnung! Die Brüder kann man lesen. Aber lassen Sie bloß die Finger von Lessing! Der Kerl hat ganz unmögliches Zeug geschrieben.« Es durchzuckte mich, als ich den Namen»Lessing« hörte. Mein lieber Freund Maximilian war ja ein großer Verehrer von Lessing. Ich hatte bisher noch keinen rechten Zugang zu ihm gefunden und noch keines seiner Werke in die Hand genommen. Jetzt schoss der Gedanke in mir auf:»Mensch, wenn dieser unsympathische, ja geradezu widerliche Hillebrand Lessing verabscheut, dann müssen seine Werke besonders gut sein!« Auch wenn dieser Gedanke im Grunde jeder Logik entbehrt, beschloss ich, baldmöglich etwas von Lessing zu lesen.

So besorgte ich mir noch am gleichen Tag einige seiner Bücher aus der Universitätsbibliothek, in der ich immer noch berechtigt war, mir Bücher auszuleihen. Das erste, was ich von Lessing las, war das Drama»Nathan der Weise«. Ich war so angetan, dass ich innerhalb kurzer Zeit weitere Werke von Lessing geradezu verschlang. Dann kam mir durch einen Zufall, den es – wie ich heute weiß – gar nicht gibt, sein religionsphilosophisches Hauptwerk»Die Erziehung des Menschengeschlechts«, das Lessing in seinen reifsten Jahren geschrieben hatte, in die Finger.

Und ich konnte es zunächst gar nicht glauben! Lessing schreibt in diesem Werk über die Wiederverkörperung, über die Reinkarnation! Seit Jahren habe ich an diese Dinge, die ich erstmals aus dem Munde meines guten Freundes Maximilian vernommen und überhaupt nicht verstanden hatte, keinen Gedanken mehr verschwendet. Und jetzt las ich von der Wiederverkörperungslehre bei dem großen Lessing!

Bei Lessing fand ich diese Idee so verständlich und plausibel beschrieben, dass es einem unbefangenen Menschen einfach einleuchten musste, dass das ganze menschliche Leben gar keinen Sinn machen würde, dass es gar nicht erklärbar wäre, wenn man *nicht* von den wiederholten Erdenleben ausgehen würde. Auch wäre die gesamte kulturelle Entwicklung der Menschheit nicht denkbar, wenn jeder Mensch nur ein einziges Mal den irdischen Schauplatz betreten würde. Es war für mich ein großes Aha-Erlebnis!

In der Zwischenzeit hatte ich mich ein wenig mit einem anderen Deutschlehrer dieser Schule angefreundet, der auf mich vom ersten Tage an einen sehr sympathischen und aufgeschlossenen Eindruck machte. Er hieß Heinrich Fitzke und war knapp zehn Jahre älter als ich.

Hin und wieder gingen wir zusammen in ein Café oder in ein Wirtshaus, um uns ein wenig auszutauschen. Mit Kollege Fitzke war es durchaus möglich, auch über intimere und tiefsinnigere Themen zu diskutieren.

Als wir einmal wieder in einem Café beieinander waren, nahm ich meinen ganzen Mut zusammen und fragte ihn:»Ich habe neulich bei Lessing über die Wiederverkörperung gelesen. Was halten Sie davon? Haben Sie schon einmal darüber nachgedacht, ob ein Mensch wirklich mehrmals geboren wird?«

Kollege Fitzke entgegnete mit einem freundlichen Lächeln: »Ja, natürlich! Darüber habe ich schon sehr häufig und sehr intensiv nachgedacht. Für mich ist es Fakt, dass jeder Mensch schon sehr oft auf der Erde war und noch sehr oft wieder dort erscheinen wird. Übrigens, Lessing war nicht der einzige große Dichter und Denker, der von der Lehre der wiederholten Erdenleben ausgegangen ist. Diese Erkenntnis werden Sie bei vielen finden. Lesen Sie etwa bei Goethe, Jean Paul, Giordano Bruno, um nur die aus der jüngeren Vergangenheit zu nennen. In früheren Zeiten gehörte der Glaube an die Wiederverkörperung zum festen Gedankengut der Menschen. Selbst in der Bibel werden Sie Hinweise darauf finden, wenn Sie sie richtig lesen und verstehen. Lesen Sie etwa im 17. Kapitel bei Matthäus über die sogenannte Verklärung Jesu. Oder nehmen Sie die Heilung des Blindgeborenen, von der Johannes im 9. Kapitel berichtet.«

Herr Fitzke sah mir wohl an, dass ich noch große Zweifel hegte.

So fuhr er denn fort:»Lieber Kollege, man kann die Gültigkeit der Reinkarnationslehre im Grunde ganz einfach einsehen. Nehmen Sie etwa eines der großen Genien der Menschheit, zum Beispiel Goethe. Woher rührt es, dass er als geniale Seele, Sie und ich als ganz durchschnittliche und manche Zeitgenossen sogar als stumpfsinnige Seelen auf die Welt gekommen sind? Was ist der Grund dafür? Woher kommt Goethes Genialität?«

Ohne lange zu überlegen, sagte ich:»Goethe wird diese Fähigkeiten geerbt haben.«

»Sehen Sie«, entgegnete mein Kollege,»das Gleiche sagen unsere Wissenschaftler! Sie merken aber gar nicht, dass sie damit einen Unsinn erzählen! Wenn geniale Fähigkeiten durch die Vererbung entstehen würden, so müssten doch die Vorfahren über eine ähnliche Gabe verfügt haben. Vererben kann man doch wohl nur etwas, was man selbst besitzt. Die Vorfahren der meisten Genien hatten aber *nicht* diese Fähigkeiten, sie waren alles andere als genial.«

Das leuchtete mir ein.

Herr Fitzke fuhr fort:»Vielleicht wissen Sie ja, was die Kirche lehrt?«

»Sie lehrt meines Wissens, dass jede Seele bei der elterlichen Zeugung von Gott aus dem Nichts geschaffen wird, oder?«, sagte ich.

»So ist es! Und diese These ist ja wohl noch unsinniger als das Vererbungsgeschwafel! Wie könnte man diese Theorie mit dem Glauben an einen gerechten Gott vereinbaren! Was hätte das mit Gerechtigkeit zu tun, wenn Gott die eine Seele so erschaffen würde, dass es ihr möglich wird, als großes Genie aufzuleuchten, während einer anderen ein Leben in Stumpfsinn und Dumpfheit nicht erspart bliebe! Nein, nein, eine geniale Seele – und natürlich auch jede andere Seele – kann man nur erklären, wenn man von der Präexistenz der Seele ausgeht. Die Seelen müssen sich ihre Fähigkeiten irgendwoher mitgebracht haben!«, sprach mein Kollege.

Ich konnte Herrn Fitzkes Argumentation nur beipflichten. So hatte ich das noch nie betrachtet.

Wieder daheim angekommen nahm ich mir die Bibel zur Hand und las von den beiden Begebenheiten, von denen Matthäus und Johannes schildern und musste Herrn Fitzke Recht geben. In der Verklärungsszene sagt Jesus Christus sogar ganz deutlich, dass Elias als Johannes der Täufer wiedergekommen, also wiedergeboren sei.

Trotz dieser schlagenden Indizien konnte ich die Reinkarnationslehre noch nicht so ganz verinnerlichen.

»Ich habe schon so viel von Goethe und auch von Jean Paul gelesen. Warum sind mir diese Passagen, in denen es um die Reinkarnation geht, nie aufgefallen? Warum wissen so wenig Menschen von der Wiederverkörperung, wenn schon die großen Dichter unseres Landes davon geschrieben haben?«, dachte ich. »Vielleicht ordnen es ja viele deren dichterischer Freiheit zu und halten es für eine Fiktion. Und außerdem sind es ja nur die wenigsten Zeitgenossen, die überhaupt solche Werke lesen und verstehen können«, setzten sich meine Gedankengänge fort. Und es arbeitete weiter in mir: »Ob es wohl die Kirchen wissen? Vermutlich ja, aber sie werden es geheim halten, um nach wie vor aus Gründen, die mir Maximilian vor Jahren offenbart hatte, mit der Hölle drohen zu können.«

Wie auch immer, der Gedanke mit den wiederholten Erdenleben erschien mir immer plausibler, je länger ich darüber nachdachte, wenngleich noch Fragen über Fragen unbeantwortet blieben. Dieser Gedanke, dass ich vielleicht schon viele Male auf der Erde gewesen sein könnte und dass ich noch viele Male dort wiedererscheinen würde, hatte auf der einen Seite etwas sehr Beruhigendes. Spätestens dann wäre ja klar, dass der Mensch auch nach seinem Tod weiterlebt. Auf der anderen Seite war er mir aber nicht sonderlich sympathisch. Nur ungern würde ich noch einmal die Unbeholfenheit des Kleinkindalters durchleben, noch mal zur Schule müssen usw.

Ich war auf jeden Fall sehr froh, dass ich die Idee der Wiederverkörperung kennenlernen durfte und beschloss, die wiederholten Erdenleben zumindest für möglich zu halten. Wie ich heute weiß, war das ein weiser Entschluss. Auch wenn ich mir das zu diesem Zeitpunkt nie so richtig bewusst gemacht hatte, so war mir doch instinktiv klar, dass die Idee der Reinkarnation eine ganz zentrale war. Viele spirituelle bzw. religiöse Fragen müsste man ganz anders beantworten, je nachdem man die Wiederverkörperung für eine Tatsache oder für eine Illusion hält.

In den folgenden Nächten hatte ich dann mehrmals einen sehr ähnlichen, fast gleichen Traum:

Ich saß im Sessel meiner Stube und las in einem Buch, als meine verstorbene Schwester Babsi den Raum betrat und sich auf meinen Schoß setzte, wie sie das in ihrer frühen Kindheit sehr häufig getan hat. Dann betrat meine ebenfalls verstorbene Oma das Zimmer. Sie blieb in einem Abstand von etwa drei Metern vor uns stehen, lächelte mich an und nickte mehrmals. Dann nahm sie Babsi an der Hand und verließ mit ihr die Stube.

Auch wenn es nur ein Traum war, so erschien mir das wie eine Bestätigung dessen, was ich langsam zu verstehen begann. Insbesondere wuchs dadurch die Gewissheit, dass sie noch da sind, dass es ein Leben nach dem Tod gibt.

Im Jahre 1875 endete meine Zeit als Assistenzlehrer. Ich bekam eine feste Anstellung an der Schule. Nun war ich also ein vollwertiger Lehrer und übernahm die vierte Klasse als Klassenlehrer. Die Schüler, die ich in Deutsch und Geschichte zu unterrichten hatte, waren so um die vierzehn Jahre alt. Natürlich musste ich auch noch in einigen anderen Klassen Unterricht geben.

Mit großem Elan ging ich zu Werke. Ich sagte mir:»Wenn du alles ganz anders machst als der dicke Hillebrand, wirst du kein schlechter Lehrer sein!« Und ich glaube, dass mir das – zumindest von ein paar Jahren abgesehen, über die später noch zu berichten sein wird – durchaus gelungen ist.

Die Schüler folgten meinem Unterricht stets mit großer Aufmerksamkeit und schienen mich zu mögen. Gott sei Dank hatte ich jetzt mit meinem unsympathischen Mentor kaum noch etwas zu schaffen. Man sah sich lediglich in den Pausen im Lehrerzimmer.

Mit Herrn Fitzke pflegte ich nach wie vor ein gutes, fast freundschaftliches Verhältnis. Wir tauschten uns öfters über fachliche Fragen aus und trafen uns nach wie vor hin und wieder in einem Café oder in einem Wirtshaus.

Über spirituelle Themen sprachen wir in der nächsten Zeit kaum noch.

Als ich mich eines Tages wieder einmal mit meinem Lehrerkollegen in unserem Stammcafé treffen wollte, wartete ich fast eine Stunde vergeblich auf ihn. Ich dachte:»Der wird heute nicht mehr auftauchen. Vermutlich ist ihm etwas dazwischengekommen.«

Kurz bevor ich mich anschickte, das Café zu verlassen, fiel mir ein paar Tische weiter eine junge Dame auf. Die junge attraktive Frau, die sehr elegant gekleidet war und einen vornehmen Eindruck machte, zog mich gleich in ihren Bann. Sie saß zusammen mit einer etwas älteren Dame am Tisch, mit der sie sich angeregt zu unterhalten schien. Ich beschloss, noch etwas zu bleiben und fixierte die junge Dame so unauffällig wie möglich. Ein paar Mal trafen sich unsere Blicke. Dann verabschiedeten sich die beiden Damen. Die ältere verließ das Café, die junge hübsche Dame, der meine ganze Aufmerksamkeit galt, schien noch ein Weilchen bleiben zu wollen.

Ganz unvermittelt schoss mir durch den Kopf, dass ich in meinem Leben schon zweimal die Chance verpasst hatte, ein Mädchen bzw. eine junge Dame, die ich anziehend fand, anzusprechen: Mein Jugendschwarm, den ich Ursula taufte, und die vornehme Dame, die ich in der Universitätsbibliothek gesehen hatte.

Ich beschloss:»Das passiert dir kein drittes Mal! Jetzt oder nie!« Meinen ganzen Mut zusammennehmend stand ich auf, ging an den Tisch der jungen Dame und fragte sie ganz höflich:»Gestatten Sie, junges Fräulein, dass ich mich für einen kurzen Augenblick zu Ihnen geselle? Mein Name ist Johann Hanke.«

Ich war auf alle möglichen abweisenden Reaktionen gefasst. Umso erstaunter war ich, als sie mich freundlich anlächelte und mit einer Handbewegung auf den freien Stuhl ihr gegenüber deutete und sagte:»Bitteschön, sehr gerne! Ich möchte mich Ihnen auch vorstellen: Ich bin Hedwig Schmidtke.« Fast zitternd vor Aufregung nahm ich Platz. Mir fehlte einfach die Erfahrung, was die Konversation und das Anbandeln mit Damen angeht. Dennoch wurden aus dem kurzen Augenblick fast zwei Stunden!

In diesem Gespräch, das sehr schnell über den Austausch von Floskeln wie»Schönes Wetter heute« oder»Ich habe Sie noch nie in diesem Café gesehen« hinauskam, stellten wir uns gegenseitig näher vor. So erfuhr ich unter anderem, dass sie auch Lehrerin war und an einer Mädchenschule Musik und Handarbeiten unterrichtete. Sie war die Tochter eines wohlhabenden Schokoladenfabrikbesitzers. Natürlich tauschten wir noch viele weitere Details aus, die hier aber nicht von Belang sind.

Wir waren uns gleich sehr vertraut, als würden wir uns schon viele Jahre kennen. Ich war mir ganz sicher, dass ich

Fräulein Schmidtke wiedersehen wollte. Und sie wollte es auch. So verabredeten wir uns für den nächsten Sonntag, 15 Uhr im gleichen Café. Ich war meinem Kollegen Fitzke sehr dankbar, dass er mich an diesem Tag versetzt hatte.

Es blieb nicht nur bei dem nächsten Treffen. Unsere gegenseitige Zuneigung wuchs immer mehr. Schon bald waren wir »per du«. Wir sahen uns nun sehr häufig und regelmäßig. Wir trafen uns oftmals in einem Café oder gingen in einem Park spazieren. Manchmal besuchten wir auch den Zoologischen Garten oder ein Museum.

Im Frühjahr des nächsten Jahres – wir kannten uns seit etwa fünf Monaten – fasste ich während eines Spazierganges in der herrlichen Frühlingssonne Mut und fragte sie: »Liebste Hedwig, möchtest du meine Frau werden?«

Sie schien auf diese Frage schon gewartet zu haben und antwortete: »Ja, sehr gerne, lieber Johann!« Ich war selbst etwas überrascht, dass ich mich offensichtlich entschlossen hatte, eine Ehe einzugehen, obwohl ich noch recht jung war und Hedwig erst seit kurzer Zeit kannte. Aber irgendwie dachte ich mir: »Ergreife die Gelegenheit beim Schopfe! Wer weiß, ob du jemals eine andere finden wirst!«

Am darauffolgenden Sonntag machte ich am frühen Abend meinen Antrittsbesuch bei ihren Eltern. Es war damals üblich, dass der Mann beim Vater der zur Gattin erwählten Dame um die Hand seiner Tochter anhielt.

Schon der Blick von weitem auf die prachtvolle Villa, in der Familie Schmidtke wohnte, nötigte mir gewaltigen Respekt ab. Auch die Inneneinrichtung zeigte deutlich, dass hier sehr wohlhabende Menschen zu Hause waren. Nachdem Hedwig mich ihren Eltern und ihrem etwas älteren, unverheirateten Bruder Paul, der in der elterlichen Fabrik beschäftigt war, vorgestellt hatte, begaben wir uns zu Tisch. Das köstliche Mahl wurde von Dienstmädchen kredenzt. Es war für mich schon eine andere, aber nicht unbedingt meine Welt! Ich fühlte mich eher unbehaglich.

Nach dem Essen gab mir Hedwig mit einer kleinen Geste zu verstehen, dass es an der Zeit wäre, mein Ansinnen vorzutragen. Etwas nervös und fast verschüchtert erhob ich mich von meinem Platz und richtete meinen Blick auf ihren Vater und sagte: »Sehr geehrter Herr Schmidtke, darf ich Sie um die Hand Ihrer Tochter bitten?« Ich war froh, dass es raus war.

Herr Schmidtke blickte mich prüfend durch sein Monokel an und meinte: »Wie ich von Hedwig weiß, sind Sie Lehrer. Da verdient man ja nicht allzu viel. Glauben Sie wirklich, eine Familie ernähren zu können?« Ich wusste nicht so recht, was ich entgegnen sollte. Bevor ich irgendetwas sagen konnte, fuhr Hedwigs Vater fort: »Ach was! Das ist ja auch ganz egal! Schließlich sind wir auch noch da. Also, meinen Segen habt ihr.« Ich war ganz erleichtert und bedankte mich artig wie ein Schulbub. Hedwigs Mutter ergänzte: »Ich wünsche euch viel Glück und Gottes Segen!«

Noch am gleichen Abend wurde vereinbart – oder besser gesagt von Herrn Schmidtke diktiert –, dass die Verlobung am Sonntag in vier Wochen stattfinden sollte.

Die Verlobung, die am geplanten Termin im Hause der Schmidtkes stattfand, war eher unspektakulär. Neben Hedwigs Eltern und ihrem Bruder nahm nur noch meine Mutter teil. Meine Schwester Margarethe war natürlich auch eingeladen, aber sie sagte mit einer fadenscheinigen Begründung ab. Wie ja bereits geschildert, hatte ich zu ihr ein recht angespanntes Verhältnis, und ich glaube, sie war ein wenig neidisch, dass ihr ungeliebter Bruder in eine so reiche Familie einheiratete. Meine Mutter, die Hedwig gleich in ihr Herz schloss, freute sich für mich.

Noch am Verlobungsabend wurde – natürlich von Hedwigs Vater – der Termin für die Trauung festgelegt. Sie sollte am ersten Maisonntag des kommenden Jahres, also 1877 stattfinden. Hedwig und ich freuten uns beide auf unsere gemeinsame Zukunft.

Hedwig und ihre Eltern waren evangelisch und besuchten recht regelmäßig die Gottesdienste. Somit war klar, dass darauf bestanden wurde, dass wir uns von einem evangelischen Pfarrer trauen lassen müssten. Auch Hedwig machte das schon im Vorfeld der Verlobung zur Bedingung. Im Grunde war es in dieser Zeit noch alles andere als selbstverständlich und unproblematisch, wenn ein Katholik eine Protestantin zur Frau nahm. Die katholische Kirche, die sich für die alleinseligmachende hielt, wurde nie müde, eine Ehe mit einem Andersgläubigen zu verteufeln. Da ich aber mit dem Katholizismus schon lange nicht mehr viel am Hut hatte, stellte das für mich kein Hindernis dar.

Für meine Mutter, die sich ihrer Kirche noch sehr verbunden fühlte und der ich erst kurz vor der Hochzeit sagte, dass Hedwig nicht dem katholischen Glauben angehörte, war es anfangs jedoch schwierig zu akzeptieren, dass ihr Sohn eine Protestantin heiraten wollte. Da sie Hedwig aber schon sehr liebgewonnen hatte, schluckte sie diese Pille.

Hedwig hätte es sehr gern gesehen, wenn ich zum evangelischen Glauben übergetreten wäre. Diesem Wunsch widersetzte ich mich mit Erfolg. »Da käme ich vermutlich vom Regen in die Traufe«, dachte ich mir, behielt diese Meinung aber für mich.

Hedwig und ich hatten eigentlich nie ernsthaft über religiöse oder spirituelle Themen miteinander gesprochen. Ich wusste von ihr nur, das sie sich in ihrer Kirche gut aufgehoben fühlte; von mir war ihr nur bekannt, dass ich ein abtrünniger Katholik war.

Eines Tages, als wir wieder einmal auf einem Spaziergang durch einen der vielen Parks, die es in der Stadt gab, waren,

42

kam mir der Gedanke, dass es eigentlich schade war, dass wir als zukünftiges Ehepaar in diesen Punkten so wenig vom jeweils anderen wüssten. Ich beschloss, das zu ändern.

Ich fiel gleich mit der Tür ins Haus und fragte:»Liebste, hast du schon einmal etwas von Wiederverkörperung bzw. Reinkarnation gehört?«

Ihre Antwort erschien mir etwas brüskierend:»Ja, natürlich habe ich von diesem Unsinn schon einmal gehört. Zwei meiner Kolleginnen glauben daran. Aber das sind Spinner!« Es war weniger die Antwort als solche als vielmehr der abwertende Ton, der mich wie ein Faustschlag traf. Dann machte ich mir klar, dass mir ja eigentlich bewusst war, dass die meisten Zeitgenossen entweder noch nie etwas von der Wiederverkörperung gehört hatten oder sie für eine Illusion, für ein Hirngespinst hielten.

Da ich das Thema nicht abrupt beenden wollte, sagte ich: »Ja, ja, das sehen die meisten Menschen genauso wie du. Glaubst du denn an ein Leben nach dem Tod?«

Hedwig hatte wieder zu ihrem ruhigen, freundlichen Ton zurückgefunden und meinte:»Als Protestantin glaube ich an das, was in der Bibel steht! Daran halte ich mich. Und dort heißt es, dass alle Verstorbenen am Jüngsten Tage auferstehen, also wieder zum Leben erweckt werden. Dann werden sie von Gott gerichtet. Die Guten kommen in den Himmel und die Bösen in die Hölle.«

Ich weiß nicht, ob sie mir mein Unverständnis angesehen hat. Ich dachte nur:»Was kann das für einen Sinn machen, dass man nach dem Tod zunächst für wer weiß wie lange Zeit ohne Bewusstsein, also quasi nicht existent ist, um dann wieder auferweckt, also mit einem Bewusstsein begabt zu werden! Dann müsste man ja wohl eher von einer Neuschöpfung sprechen.« Mir kam diese Theorie mehr als absurd vor. Da ich den Eindruck gewonnen hatte, dass es keinen großen Sinn machen würde, diesen Punkt zu vertiefen, lenkte ich das Gespräch anschließend auf weniger verfängliche Themen.

Von diesem Tage an sprachen wir nie wieder über spirituelle Themen. Das tat aber unserer Liebe keinen Abbruch.

Der Tag unserer Hochzeit nahte. Am Vormittag des avisierten Maisonntages wurden wir in der evangelischen Kirche getraut. Die Hochzeitsfeier fand anschließend in dem großen Salon meiner Schwiegereltern statt. Knapp fünfzig Gäste waren geladen. Solche Festivitäten waren noch nie nach meinem Geschmack. Es stieß mich irgendwie ab, wenn so viele Menschen redeten – oder besser gesagt tratschten –, so dass man sein eigenes Wort kaum verstehen konnte. Außerdem ging es zumeist um absolut banale Themen. Daher möchte ich auch an dieser Stelle nicht weiter über diese Feier, die meine Angetraute aber durchaus zu genießen schien, berichten.

Unmittelbar nach der Heirat bezogen Hedwig und ich eine schmucke Vierzimmerwohnung, die nicht weit von meiner Schule entfernt lag. Die Wohnung haben wir durch Vermittlung meines Schwiegervaters bekommen, der einen Zuschuss zu der doch recht stattlichen Miete gab. Die Möbel machte er uns als Hochzeitsgeschenk. Ja, Geld spielte für die Familie Schmidtke keine Rolle!

Wir fühlten uns in dem neu bezogenen Domizil sehr wohl. Tagsüber gingen wir nach wie vor unserem Lehrerberuf nach.

Schon wenige Monate später machte mir Hedwig die freudige Mitteilung, dass sie schwanger war. Wir fieberten beide der Geburt unseres Kindes entgegen. Im Sommer 1878 war es dann soweit: Hedwig wurde in unserer Wohnung von einem strammen Knaben entbunden.

Im Gegensatz zu meinem Vater wäre ich nie auf die Idee gekommen, den Stammhalter sofort zum Pfarrer zu schleppen, um ihn taufen zu lassen. Das schien bei den Protestanten ohnehin nicht so üblich zu sein. Mir wäre es fast lieber gewesen, wenn er überhaupt nicht getauft worden wäre. »Falls er es später, wenn er erwachsen ist, wünscht, kann er sich ja selbst für eine Religion entscheiden«, dachte ich. Aber mir war klar, dass Hedwig und ihre Eltern fordern würden, ihn evangelisch taufen zu lassen. Die Taufe erfolgte dann eine knappe Woche später.

Hedwig bestand zunächst darauf, dass unser Sohn den Namen ihres Vaters, also Friedrich, bekommen sollte. Bereits der Vater ihres Vaters trug diesen Namen. Aber da gelang es mir, mich durchzusetzen. Zwar hatte ich kein Problem mit dem Namen Friedrich, aber mir schwebte schon lange vor, meinem ersten Sohn den Namen Lessings, der längst zu meinem Lieblingsschriftsteller geworden war, zu geben: Gotthold Ephraim. Dann rang mir Hedwig den Kompromiss ab, ihn Gotthold Friedrich zu nennen. Das stellte auch meinen Herrn Schwiegervater zufrieden.

In der Folgezeit musste sich Hedwig natürlich um unseren kleinen Sohn kümmern, so dass sie ihre Berufstätigkeit aufgab. Das, was ich als Lehrer an der Oberschule verdiente, war aber hinreichend, um die kleine Familie zu ernähren. Außerdem durften wir nach wie vor mit kleinen finanziellen Zuschüssen meines Schwiegervaters rechnen.

Ohne mich, ihren Ehegatten, zu vernachlässigen, kümmerte sich Hedwig liebevoll und aufopfernd um den kleinen Gotthold, der prächtig wuchs und gedieh. Auch ich verbrachte in seinen ersten Jahren viel Zeit mit ihm.

Nachdem ich unser junges Familienglück ein gutes Jahr lang in vollen Zügen genossen hatte, erkannte ich, dass es an der Zeit wäre, mich wieder mehr mit anderen Dingen zu beschäftigen, die mir auch wichtig waren.

So schrieb ich seit langer Zeit mal wieder meinem lieben Jugendfreund Maximilian, der vor vielen Jahren nach Amerika ausgewandert war, einen Brief. Ich erzählte ihm, dass ich eine liebenswerte junge Frau geheiratet sowie einen prächtigen Sohn bekommen hatte und vieles mehr.

Sechs Wochen später erhielt ich zu meiner großen Freude einen Brief von ihm, in dem er schrieb:»Mein lieber, alter

Freund Johann! Ich habe mich sehr gefreut, von dir zu lesen und gratuliere dir zu deiner Gattin und deinem Knaben! – Mir geht es auch sehr gut. Ich bin vor zwei Jahren einem Ruf der Havard-Universität gefolgt und lehre seitdem als einer der jüngsten Professoren der Universitätsgeschichte Philosophie. – Es hat mich erstaunt zu lesen, dass du euren Sohn Gotthold genannt hast. Hast du etwa tatsächlich mittlerweile zu Lessing gefunden? – Ach ja, was ist eigentlich aus deinen Ambitionen, welche die Schriftstellerei und die Schauspielerei betreffen, geworden? – Es grüßt dich und deine Gattin für heute ganz herzlich Dein Maximilian.«

»Donnerwetter!«, dachte ich. »Philosophie-Professor an einer der namhaftesten Universitäten! Aber mir war ja schon immer klar, dass er ein ganz heller Kopf ist.« Nachdem meine Bewunderung für seine Karriere abebbte, kamen mir seit geraumer Zeit wieder meine alten Visionen in den Sinn, nach denen er fragte. Schon seit Jahren ging ich ein wenig mit der Idee eines sozial-kritischen Dramas in fünf Akten schwanger.

Jetzt fasste ich den Entschluss, es zu realisieren. In den folgenden Wochen saß ich jeden Abend an meinem Sekretär und versuchte, die Idee auszufeilen und letztlich zu Papier zu bringen. Nach etwa sechs Wochen war das Drama geschrieben. Sein Titel war: »Die Privilegierten und die anderen«. Mein Plan war, es mit einer Oberstufenklasse meiner Schule in der Schulaula aufzuführen. Der Rektor gab grünes Licht. Die Schüler waren recht begeistert, lernten ihre Texte fleißig und nahmen mit großem Eifer an den Proben, die ich an jeweils zwei Nachmittagen pro Woche leitete, teil. Die zwei weiblichen Rollen wurden von Schwestern eines jungen Kollegen gespielt. Meine Frau und die beiden Schwestern nähten mit großem Fleiß die Kostüme. Ein anderer Kollege, der Kunstlehrer war, baute mit einigen Schülern die Bühnenbilder. Dann war es soweit. Die Aula war bis auf den letzten Platz gefüllt. Das Publikum rekrutierte sich vorwiegend aus den

Eltern und Geschwistern der Schüler sowie vielen Lehrerkollegen.

Die Aufführung war ein voller Erfolg! Jedenfalls dankten die Zuschauer mit lang anhaltendem Beifall. Der Rektor, Herr Fitzke und weitere Kollegen kamen auf mich zu, um mir zu gratulieren. Nur der dicke Hillebrand, der der Vorstellung missmutig beiwohnte, verließ die Aula, ohne ein Wort zu sagen.

Etwas später kam Herr Fitzke noch mal auf mich zu und sagte: »Lieber Kollege, das war wirklich ganz außerordentlich gut! Sie haben Talent! Das Stück ist viel zu gut, um nur ein einziges Mal aufgeführt zu werden.«

Aber alle meine Bemühungen, mein Drama an einer anderen Schule oder gar an einer öffentlichen Bühne zur Aufführung zu bringen, scheiterten. Alle Gefragten lehnten mit fadenscheinigen Begründungen dankend ab. Die meisten hatten sich nicht einmal die Mühe gemacht, mein Stück zu lesen. Ich war sehr, sehr enttäuscht und kam zu dem Entschluss:»Ich bin als Autor wohl doch nicht gut genug. Das wird in diesem Leben nichts mehr.«

Von diesem Tage an verschwendete ich kaum noch einen Gedanken an die Schriftstellerei.

Meine Enttäuschung hielt noch geraume Zeit an. Sie löste sich allerdings einige Wochen später in Luft auf, als mir Hedwig offenbarte, dass sie erneut schwanger war.

Im Jahr darauf – anno 1880 – brachte sie eine gesunde Tochter zur Welt. Ich war außer mir vor Freude. Es gab für mich keinen Zweifel daran, dass sie den Namen meiner geliebten, früh verstorbenen Schwester Babsi bekommen müsste. Es kostete mich nicht allzu viel Mühe, meiner Hedwig die Zustimmung abzuringen. So ließen wir also die Kleine auf den Namen Barbara taufen.

Nicht nur dass sie den gleichen Namen wie meine kleine Schwester trug, sie erinnerte mich in vielerlei Hinsicht an sie, je älter sie wurde. Sie war wirklich mein Sonnenschein.»Jetzt habe ich endlich meine Babsi wieder«, dachte ich manchmal, wohl wissend, dass es unsinnig war, einen derartigen Vergleich anzustellen. Hin und wieder tauchte in mir die Frage auf:»Wenn es wirklich eine Wiederverkörperung gibt, könnte meine kleine Tochter dann nicht meine wiedergeborene Schwester sein?« Dann kam ich aber doch zu dem Entschluss – und heute weiß ich es natürlich –, dass meine geliebte Schwester und meine kleine Tochter eigenständige Individualitäten sind.

Trotzdem war es so, dass ich, wann immer ich die neue Babsi anschaute, die alte zu sehen glaubte. Vielleicht war das einer der Gründe dafür, dass ich meine Tochter so eng in mein Herz reinließ wie keinen anderen Menschen zuvor. In dem Maße, in dem ich meine ganze Aufmerksamkeit und Liebe in meine kleine Babsi investierte, vernachlässigte ich meinen Sohn. Wann immer mir das wieder einmal so recht bewusst wurde, tröstete ich mich mit dem Gedanken:»Der Gotthold hat ja seine Mami. Er ist ohnehin ein Mami-Kind.«

Im Herbst des Jahres 1882 ließ meine Schwester Margarethe mich über eine Bekannte wissen, dass unsere Mutter schwer erkrankt war und dass ich sie doch gefälligst mal wieder besuchen sollte. Siedendheiß schoss mir durch den Kopf, dass ich sie seit Babsis Geburt wirklich etwas vernachlässigt hatte. So machte ich mich noch am gleichen Abend auf, sie zu besuchen.

Sie lag leichenblass in ihrem Bett und freute sich sehr, mich zu sehen:»Guten Abend, mein Junge! Schön, dass du mich besuchst.« Wir unterhielten uns etwa eine Stunde über dieses und jenes, soweit es ihr extrem geschwächter Zustand erlaubte. Es fiel ihr zunehmend schwerer zu sprechen. Beim Verabschieden gab ich ihr einen Kuss auf die Wange und streichelte ihr übers Haar.

48

Bevor ich das Zimmer verließ, schaute ich noch einmal zu ihr hin. Sie warf mir einen äußerst liebevollen Blick zu, wie ich ihn bei ihr noch nie wahrgenommen hatte. Etwas später wurde mir klar, dass sie gespürt hatte, dass wir uns zum letzten Mal sahen. Diesen Blick konnte ich nie wieder vergessen.

Noch in der gleichen Nacht starb meine Mutter. Der Tag ihrer Beerdigung war übrigens der letzte, an dem ich meine Schwester Margarethe bewusst gesehen habe. Sie war immer noch unverheiratet und führte das elterliche Kolonialwarengeschäft bis an ihr Lebensende.

Die Traurigkeit über den Tod meiner Mutter verflog sehr schnell, wenn ich wieder meine kleine aufgeweckte Tochter sehen und beobachten konnte. Ihr sonniges Gemüt half mir über die Trauer mühelos hinweg.

Die nächsten Jahre vergingen wie im Flug, ohne dass irgendetwas passiert wäre, was einer Erwähnung bedürfte.

Ich kann nicht umhin zu gestehen, dass ich mich nun immer weniger um meinen Sohn kümmerte. Auch meine Frau Hedwig habe ich gewiss des Öfteren vernachlässigt. Zu sehr war ich auf meine Tochter und natürlich auch auf meinen Beruf, den ich immer noch gerne und mit viel Engagement ausübte, fixiert.

Meine Schwiegereltern bekam ich fast gar nicht mehr zu Gesicht. Zu uns kamen sie fast nie zu Besuch. Im Normalfall besuchte sie Hedwig allein oder mit Gotthold. Später nahm sie auch Babsi manchmal mit. Mit der Schwiegermutter hatte ich eigentlich nie ein Problem. Allerdings konnte man mit ihr keine tiefschürfenden Themen diskutieren. Sie war ein recht oberflächlicher Mensch. Mein Schwiegervater war im Grunde nie mein Fall. Ich war ihm dankbar, dass er uns eine Wohnung beschafft, unsere Möbel finanziert und uns mehr oder weniger regelmäßig mit Geldzuwendungen bedacht hatte. Natürlich hatte er das nicht mir, sondern seiner Tochter zuliebe getan.

Wie sich immer mehr rausstellen sollte, war er nicht der honorige Mann, für den er sich gern ausgab und für den ihn die meisten hielten. Von einigen Mitarbeitern seiner Schokoladenfabrik erfuhr ich, dass er ein äußerst ungerechter und geiziger Chef war und dass keine seiner weiblichen Angestellten vor ihm sicher war. Mein Schwager, Hedwigs älterer Bruder Paul, erzählte mir einmal, dass er auch seine Frau höchst lieb- und respektlos behandelte und dass er mehr Augen für seine Hausangestellten als für seine Gattin hätte.

Im Sommer des Jahres 1890 tauchten eines Sonntagmorgens meine Schwiegereltern völlig überraschend bei uns auf. Mein Schwiegervater sagte:»Kinder, lasst uns einen gemeinsamen Stadtspaziergang machen! Was haltet ihr davon?« Hedwig, die an ihren Eltern recht hing, war von dem Vorschlag begeistert.

Ich dachte mir:»Vielleicht ist das keine schlechte Idee! Das ist möglicherweise eine gute Gelegenheit, ihn ein wenig besser kennenzulernen. Außerdem könnte er mich für unhöflich und undankbar halten, wenn ich seinen Vorschlag zurückweisen würde.« Hedwig machte sich und die Kinder zurecht. Ich zog schon meine Schuhe und Jacke an und setzte meinen Hut auf.

Als ich soeben die Wohnung verlassen wollte, durchzuckte mich ein ganz merkwürdiger Impuls, wie ich es noch nie zuvor erlebt hatte. Es war, wie wenn eine Stimme zu mir sagen würde:»Gehe nicht! Bleibe mit den Kindern zu Hause!«

Ich hatte keine Ahnung, um was es sich da gehandelt haben könnte, aber irgendwie konnte ich nicht anders, als der Stimme zu folgen.

Unter einem Vorwand, den ich mir blitzartig aus den Fingern saugte, sagte ich schließlich:»Ich bleibe mit den Kindern daheim!« Zu meinem Erstaunen zeigten sich weder Hedwig noch meine Schwiegerelten enttäuscht. Hedwig sagte nur: »Na gut, dann passe du schön auf die Kleinen auf. Ich habe ohnehin noch viel mit meinen Eltern zu bereden, was dich vermutlich nicht so sehr interessieren dürfte.« So verließen die Drei das Haus und ich blieb mit Sohn und Tochter daheim.

Etwa zwei Stunden später klopfte ein Polizist ganz aufgeregt an unsere Wohnungstür, trat unaufgefordert ein und sagte:»Es ist etwas Fürchterliches passiert! Ihre Schwiegereltern und Ihre Gattin hatten einen schweren Unfall. Sie wurden beim Überqueren der Straße von einer Pferdedroschke überfahren. Ihre Schwiegereltern sind beide sehr schwer verletzt. Aber Ihrer Gattin ist nicht viel passiert. Sie wollte nur ihre Eltern ins Krankenhaus begleiten.«

Ich fasste mich schnell und dachte:»Gott sei Dank haben sie die Kinder nicht mitgenommen! Wer weiß, womöglich hätte es sonst noch meine Babsi erwischt.« Erst dann bemerkte ich, dass ich froh war, dass meine Frau nicht schlimm verletzt wurde.

Sie trug in der Tat nur leichte Kratzer und ein paar Schrammen davon. Allerdings stand sie noch ein, zwei Tage unter Schock. Für meinen Schwiegervater konnten die Ärzte nichts mehr tun; er starb wenige Stunden nach dem Unfall. Meine Schwiegermutter erlag zwei Wochen später im Krankenhaus ihren schweren Verletzungen.

Der Beerdigung meines Schwiegervaters wohnten unfassbar viele Menschen bei. Man hatte den Eindruck, halb Berlin wäre auf den Beinen gewesen. Ja, er war ein stadtbekannter Mann, den viele – wie ich ja mittlerweile wusste – zu Unrecht für einen höchst ehrenhaften und vorbildlichen Menschen hielten. In der Trauerrede lobte der Pfarrer ihn in den höchsten Tönen. Er charakterisierte ihn als einen verehrungswürdigen Mann, ein spendables Mitglied der Kirchengemeinde, als großzügigen Chef, liebevollen, treusorgenden Ehemann und Vater, usw., usw.

Als ich das hörte, konnte ich mich des folgenden Gedankens nicht erwehren:»Wenn mein Schwiegervater das – wo er jetzt ist oder auch immer sein mag – hören könnte, müsste er doch glauben, der Pfarrer spricht von einem anderen Menschen.«

Meine Frau tat sich sehr, sehr schwer, den Tod ihrer Eltern zu verwinden. Besonders ihre Mutter war ihr doch sehr ans Herz gewachsen. Aber auch ihren Vater, von dessen Schwächen sie eigentlich gar nicht wusste, hatte sie sehr lieb. Immer wieder sah ich sie weinen. Ich wusste nicht, wie ich ihr helfen könnte, wie ich sie trösten könnte. Ich dachte:»Gerne würde ich sie von meiner Auffassung, dass die Seelen ihrer Eltern noch da sind, dass sie noch leben, überzeugen. Das hätte sie sicher trösten können. Aber sie war ja felsenfest davon überzeugt, dass ein Mensch nach seinem Tod wirklich tot im klassischen Sinne ist und erst am Jüngsten Tage wieder auferweckt wird.«

Diese Trauer hat Hedwig sehr verändert. Sie hatte kaum noch Interesse an gemeinsamen Unternehmungen mit der Familie. Abends, wenn die Kinder schliefen, saß sie häufig ganz apathisch rum. Dennoch ließen ihre Fürsorge für unsere Kinder und auch für mich nicht zu wünschen übrig, wenngleich ich oft den Eindruck gewinnen musste, dass sie es mehr aus einem Pflichtgefühl heraus tat und dass es ihr manchmal sehr schwer fiel, ihren Aufgaben nachzukommen.

Unser Sohn Gotthold war mittlerweile seit zwei Jahren in der Realschule. Er schien aber dem Schulunterricht nicht viel Interesse entgegenbringen zu können. Jedenfalls waren seine Leistungen recht schwach. Deshalb sah ich mich gezwungen, ihm hin und wieder die Leviten zu lesen. Oft ertappte ich mich dabei, wie ich Gotthold maßlos beschimpfte, weil er nicht meinen Erwartungen entsprach. Ich war oft sehr, sehr ungerecht zu ihm. Gotthold wandte sich innerlich immer mehr von mir ab und seiner Mutter zu.
Um so mehr Freude machte mir meine kleine Babsi, die in der Schule gut vorankam. Das Schreiben und Lesen fiel ihr

genauso leicht wie mir früher. Oftmals las ich ihr Geschichten aus Kinder- oder Märchenbüchern vor, so wie ich das vor Jahren auch mit meiner kleinen Schwester gehandhabt hatte.

Es war aber nicht nur Hedwig, die sich verändert hatte. Auch ich war in mancherlei Hinsicht nicht mehr der alte. Obwohl ich noch nicht ganz vierzig Jahre alt war, war ich meiner Lehrertätigkeit ein wenig überdrüssig. Ich hatte einfach nicht mehr den Elan und die Begeisterung, mit der ich früher meine Schüler mitzureißen verstand. Das Unterrichten war für mich fast schon zu einer lästigen Pflichtaufgabe geworden.

Die Ehe mit Hedwig war in einer Krise. Irgendwie schien aus der einstigen großen Liebe nur noch Gewohnheit übrig geblieben zu sein. Man kann gewiss nicht sagen, dass wir uns gestritten hätten, aber wir gingen uns soweit wie möglich aus dem Weg. Mit meinem Sohn konnte ich fast gar nichts mehr anfangen. Er schien es mir nicht einmal mehr wert zu sein, dass ich ihn schimpfte oder tadelte. Auch konnte ich mich nur noch selten dazu aufraffen, einen meiner verehrten Dichter zu lesen oder ein sonstiges Buch in die Hand zu nehmen.

Mein einziger Lichtblick war meine Tochter Babsi. Sie machte mir nach wie vor sehr viel Freude. Sie war in dieser Zeit mit Abstand derjenige Mensch, der mir am meisten bedeutete.

Aber die Freude, die mir meine Tochter bereitete, genügte mir nicht. Mir wurde mehr und mehr klar, dass ich mich in einer tiefen Lebenskrise befand. Alles erschien mir so sinnlos und mühsam. Um dieser depressiven Stimmung zu entfliehen, frönte ich wieder dem Alkohol, und zwar in weitaus größerem Maße als in meiner Studentenzeit.

Fast jeden Abend suchte ich ein Wirtshaus auf, mal mit Kollegen oder Bekannten, meistens jedoch alleine. Ich trank dann häufig mehr als ich vertragen konnte. Erst wenn ich einen gewissen Rausch verspürte, konnte ich meinen tristen Alltag für ein paar Stunden vergessen. Wenn ich zu Hause war – insbesondere dann, wenn Babsi noch nicht im Bett war –

versuchte ich, den guten Vater und braven Ehemann zu spielen.
Aber alle merkten, dass mit mir etwas nicht stimmte. Mein Sohn ignorierte mich völlig. Hedwig war sehr bemüht, den Anschein einer heilen Welt aufrechtzuerhalten. Babsi merkte natürlich auch, dass es mir nicht gut ging. Sie unternahm alles, was im Bereich ihrer Möglichkeiten lag, um mich immer wieder aufzumuntern. Oftmals sagte sie:»Papsi, soll ich dir etwas lustiges erzählen?« Ich sagte natürlich:»Ja gerne, meine Kleine!«, hörte dann aber meistens gar nicht richtig zu, weil mir nach Scherzen einfach nicht zumute war.

So trugen auch Babsis Bemühungen keine Früchte; ich setzte mein Lotterleben fort. Zu allem Überfluss ging ich jetzt auch noch einige Liebschaften ein, die mich auf andere Gedanken bringen sollten. Natürlich – so glaubte ich zumindest – hatte Hedwig davon nie etwas mitbekommen. In der Schule fiel es mir immer schwerer, einen halbwegs ordentlichen Unterricht zu halten. Für nahezu alles fehlte mir der Antrieb.

Dann kam der dramatische Tiefpunkt!

Anfang des Jahres 1894 wurde unsere Tochter plötzlich krank. Sie bekam hohes Fieber und musste das Bett hüten. Das war ganz fürchterlich für mich. Ich musste sofort an meine kleine Schwester denken, bei der dieses plötzliche Fieber der Anfang vom Ende war.

Wir konsultierten mehrere Ärzte. Finanziell konnten wir uns das locker leisten, da Hedwig nach dem Tod ihrer Eltern ein kleines Vermögen geerbt hatte. Aber keiner von ihnen konnte eine definitive Ursache finden. Der eine vermutete dieses, der andere jenes. Keiner konnte meiner kleinen Babsi helfen, keiner konnte sie heilen. Das Fieber wollte nicht weichen, egal was die Ärzte oder wir auch immer versuchten. Etwa eine

Woche, nachdem das Fieber erstmals aufgetreten war, starb sie.

Ich stand unter Schock. Meine Gedanken drehten sich im Kreis:»Die Babsi ist tot! Die Babsi ist tot! Welche Babsi? Meine Schwester? Meine Tochter? Die Babsi ist tot! Welche Babsi?...« Ich könnte nicht einmal sagen, dass ich sogleich in tiefe Trauer gestürzt wäre. Es war einfach alles so surreal. Ich war wie paralysiert. Hedwig blieb erstaunlich ruhig, gefasst und besonnen und organisierte alles, was notwendig war. Dazu wäre ich zu diesem Zeitpunkt gar nicht in der Lage gewesen. Babsis Beerdigung habe ich wie in Trance erlebt. Ich konnte mich nachher an keine Einzelheiten mehr erinnern.

Erst einige Tage nach dem Tod meiner gerade einmal dreizehnjährigen, über alles geliebten Tochter konnte ich wieder halbwegs klar denken. Jetzt erst begriff ich, was passiert war. Merkwürdigerweise konnte ich nicht weinen. Irgendwie fühlte ich mich innerlich leer und wie ausgetrocknet, wie ausgedörrt. Einer meiner ersten Gedanken war:»Jetzt macht mein Leben wirklich keinen Sinn mehr!« Ich wollte nicht mehr leben.

Noch am gleichen Nachmittag ging ich automatenhaft wie ein Schlafwandler in den Keller, nahm einen Strick, formte eine Schlinge und befestigte den Strick an einem Haken, der an der Decke festgemacht war. Ich legte die Schlinge um meinen Hals und stieg auf eine Kiste. Ohne an irgendetwas zu denken, wollte ich die Kiste unter meinen Füßen wegstoßen.

Noch bevor ich dazu kommen konnte, hörte ich aus dem Kellerflur eine laute Stimme:»Herr Hanke, sind Sie es?« Es durchzuckte mich bis ins Mark.

Geistesgegenwärtig nahm ich sofort die Schlinge von meinem Hals, legte den Strick weg und schaute, wer mich gerufen hatte. Eigentlich hatte ich schon an der Stimme erkannt, dass es Frau Mielke war, die im Erdgeschoss unseres Hauses wohnte. Das einzige, was mich ein wenig unsicher machte, ob es sich wirklich um unsere Nachbarin handelte, war die Tatsache, dass sie normalerweise immer sehr leise sprach. Ich fragte Frau Mielke, was ich für sie tun könnte. Sie sagte:»Könnten Sie mir wohl ein paar Kartoffeln borgen?«

Das Erscheinen der Nachbarin war – wie ich heute weiß – ein großes Glück. Ohne ihr Auftreten hätte ich mir das Leben genommen.

Erst jetzt, nachdem ich Frau Mielke die gewünschten Kartoffeln gegeben hatte, kam ich so richtig zur Besinnung. Erst jetzt wurde mir klar, was ich vorhatte. Ich dachte:»Um Himmels Willen! Was wolltest du denn da nur machen!« Ich ging recht erleichtert in die Wohnung zurück und tat, als wenn nichts gewesen wäre. Hedwig und Gotthold haben nie von dieser Irrsinnsabsicht erfahren.

Ich war total erleichtert und dankte allen himmlischen Mächten, dass mein Vorhaben gescheitert war. Seit geraumer Zeit war es mir wieder einmal ein tiefes Bedürfnis, ein inbrünstiges Gebet, ein Dankgebet zu sprechen.

In der folgenden Nacht hatte ich seit längerer Zeit mal wieder einen Traum, der mich sehr berührte und bewegte. Ich sah meine vor über 25 Jahren verstorbene Schwester Babsi. Sie stand an einem See und führte ein Pferd, das seinen Kopf ganz traurig hängen ließ, an der Leine. Sie schaute nach oben gen Himmel, wie wenn sie eine Stimme vernommen hätte. Dann lächelte sie mich an, nahm dem Pferd die Leine ab und warf sie in den See. Mein erster Gedanke war:»Sie hat meinen Suizidversuch vereitelt – auf welch mysteriösem Weg auch immer.« Als mir der zweite Gedanke kam, musste ich selbst ein wenig schmunzeln:»Jetzt habe ich da oben zwei Babsis, die auf mich aufpassen!« Natürlich glaubte ich zu diesem Zeitpunkt nicht wirklich, dass Verstorbene in segensreicher Weise in das Leben der Menschen auf der Erde eingreifen könnten. Aber irgendwie gefiel mir diese Vorstellung.

Auf jeden Fall war ich jetzt überzeugter als je zuvor, dass alle meine lieben Verstorbenen, also meine Großmutter, meine Eltern, meine Schwester Babsi, meine Tochter Babsi, irgendwo in einer übersinnlichen Welt, mag man sie Himmel, Jenseits, Geistige Welt oder sonst wie nennen, leben und dass es ihnen gut geht. Das gab mir unglaublich viel Zuversicht und half mir dann erstaunlich schnell, meine Trauer um meine kleine Babsi zu überwinden.

Kurze Zeit später wurde mir dann erstmals auch so richtig bewusst, welches Lotterleben ich in den letzten Jahren geführt hatte. Ich schämte mich unbeschreiblich! Dann sagte ich mir: »Ich muss Babsis Tod zum Anlass nehmen, um mein Leben radikal zu ändern. Sonst wäre ihr Tod sinnlos! Ich muss mein Leben wieder auf die Reihe kriegen! Ich muss ihm wieder einen Sinn geben!«

Das erste, was ich mir fest vornahm, war, zukünftig auf Besuche im Wirtshaus zu verzichten und meinen Alkoholkonsum drastisch zu reduzieren. Das gelang mir besser als erwartet.

Dann begann ich, mich wieder mehr auf meinen Beruf zu konzentrieren. Mir war völlig klar, dass ich in den letzten Jahren ein ganz schlechter, lustloser Lehrer war. Mein Unterricht war stinklangweilig. »Da war ja selbst der dicke Hillebrand ein noch besserer Lehrer«, dachte ich.

An meiner Schule hatte sich in der Zwischenzeit auch einiges verändert. Einige der alten Lehrer, darunter auch der ehemalige Rektor sowie mein früherer Mentor, der unsympathische Hillebrand, waren pensioniert worden. Mein Kollege Heinrich Fitzke, mit dem ich mich ja schon vor Jahren angefreundet hatte, war nun der neue Rektor.

Natürlich hatte ich diese Veränderungen mitbekommen, aber da ich in den letzten Jahren so sehr neben der Spur war, hatte ich diese gar nicht so richtig verinnerlicht. Im Grunde war ich in dieser Zeit in der Schule nur körperlich anwesend.

An einem der nächsten Schultage betrat ich gutgelaunt und beherzten Schrittes wie lange nicht mehr das Klassenzimmer. Freundlich begrüßte ich meine Schüler und sagte:»Heute nehmen wir uns das Werk ›Nathan der Weise‹ des großen Gotthold Ephraim Lessing vor. Es wird euch ganz bestimmt gefallen.« Die Schüler schauten völlig irritiert, als wäre gerade ein Geist zur Tür hinein gekommen. Sie kannten mich jetzt schon seit fast drei Jahren, aber so freundlich und schwungvoll hatten sie mich noch nie erlebt.

Auch meinen Kollegen fiel natürlich auf, dass da etwas in mir vorgegangen sein müsste. Die Kollegen, die mich noch aus der Zeit vor meiner Lebenskrise kannten, so wie etwa Herr Fitzke, merkten, dass ich wieder der alte war. Die paar in den letzten zwei, drei Jahren neu hinzugekommenen Kollegen, die mich bisher nur missmutig, unfreundlich und gedanklich abwesend erlebt hatten, fanden, dass ich mich gewaltig verändert hätte. Eines Tages kam Herr Fitzke in einer Pause auf mich zu und bat mich um ein Gespräch nach Schulschluss in seinem Büro.

Es schien ihm nicht leicht zu fallen, mit dem, was er sagen wollte, zu beginnen. Dann sprach er ganz ruhig und fast behutsam:»Lieber Kollege Hanke! Ich bin sehr erleichtert, ja hoch erfreut, dass es Ihnen ganz offensichtlich wieder besser geht. Ich weiß, Sie haben eine schwere Zeit hinter sich, und Sie haben Schlimmes durchmachen müssen. Immer wieder habe ich mir vorgenommen, das Gespräch mit Ihnen zu suchen, um Ihnen Hilfe anzubieten. Aber irgendwie wusste ich dann nie so recht, was ich sagen sollte. Außerdem haben Sie immer einen sehr abweisenden Eindruck gemacht und schienen froh zu sein, wenn sie keiner ansprach. Entschuldigen Sie bitte, dass ich es nicht wenigstens versucht habe!«

Diese Worte freuten mich sehr, und ich entgegnete:»Lieber Herr Fitzke, ich danke Ihnen für die lieben Worte und all das Verständnis, das sie mir in den letzten Jahren entgegengebracht haben. Ja, ich habe wirklich eine schwere Zeit hinter mir, auf die ich alles andere als stolz bin. Ja, und ich habe Schlimmes erlebt und war ganz am Boden. Dennoch hätte ich mich niemals so gehen lassen dürfen. Ich weiß auch, dass mein Verhalten im Kollegium und meine Unterrichtsführung in dieser Zeit inakzeptabel waren. Ich bin sehr dankbar, dass Sie mich nicht rausgeworfen haben. Aber ich bin mir sicher, dass ich meine Krise überwunden habe. Sie können sich jetzt wieder ganz auf mich und meine Arbeit verlassen!«

Dann erschien es mir wichtig, mich wieder mehr um meine Familie, meine Frau Hedwig und meinen Sohn Gotthold, zu kümmern.

Hedwig betrauerte immer noch den Tod ihrer Eltern und insbesondere den unserer Tochter. Wie gern hätte ich sie jetzt getröstet! Aber ich wusste nicht wie. Schließlich war sie ja der festen Überzeugung, dass ihre lieben Verstorbenen faktisch nicht mehr existent wären und erst in fernster Zukunft am Jüngsten Tage wieder auferweckt würden. Über meine Anschauung konnte ich mit ihr nicht reden. Das hätte sie nicht verstehen können oder wollen. Trotzdem wuchsen wir in den nächsten Wochen und Monaten wieder ein wenig mehr zusammen und verbrachten jetzt etwas mehr Zeit miteinander. Wir schwelgten in Erinnerungen und unterhielten uns über dies und das. Nur spirituelle Themen klammerte ich geflissentlich aus.

Das einzige, was mir nicht gelingen sollte, war, eine vernünftige Beziehung zu meinem Sohn Gotthold zu gewinnen, obwohl ich mir durchaus Mühe gab. Er war mir irgendwie fremd.

Nachdem er mittlerweile die Realschule mit Ach und Krach abgeschlossen hatte, war er bemüht, einen passenden Beruf zu finden. Aber er konnte sich nicht so recht entscheiden. So hart das auch immer klingen mag, dachte ich bisweilen: »Das beste an ihm ist sein Name, der mich immer an meinen Lieblingsdichter erinnert.« Ich musste mich regelrecht zwingen, mit ihm ein normales Gespräch zu führen.

Um so überraschter war ich dann, als er eines Tages auf mich zukam und mich fragte: »Du Papa, was hältst du davon, wenn ich ein Volontariat bei der Zeitung mache? Ich könnte mir gut vorstellen, später Journalist zu werden.« Ich dachte nur:»Was? Journalist? Wenn einer kein Talent zum Schreiben hat, dann mein Sohn!« Ich konnte mich gerade noch beherrschen, um ihm nicht eine solch deutliche Antwort zu geben. So sagte ich:»Ich finde es schön, dass du meinen Rat hören willst. Aber ich glaube, der Journalismus ist nichts für dich!« Gotthold wirkte sehr enttäuscht und verließ das Zimmer.

Etwas später schloss er sich einem Zirkus an, wo er als Arbeiter beim Auf- und Abbau sowie dem Transport der Zelte half. Mit dem Zirkus reiste er durch ganz Deutschland und das benachbarte Ausland, so dass wir ihn nur noch selten zu sehen bekamen.

Zu meiner großen Überraschung litt meine Frau gar nicht einmal so sehr darunter, dass unser Sohn jetzt fortgegangen war und wir nie so genau wussten, wo er sich gerade aufhielt. Unsere Beziehung wurde eher noch besser.

In der Schule lief seit geraumer Zeit alles wie gewünscht. Ich ging mit fast dem gleichen Enthusiasmus zu Werke wie in der Anfangszeit. Mit den Schülern und auch mit den meisten meiner Kollegen kam ich blendend aus. Die Schüler schätzten und mochten mich, und ich mochte sie.

Es gab nur eine Ausnahme. In der fünften Klasse gab es einen Schüler, mit dem ich überhaupt nicht zurechtkam. Sein Name war Otto Hoffmann. Er war ein lausiger Schüler und schien an nichts, was ich mit der Klasse durchnahm, Interesse zu haben. Trotz großer Bemühungen gelang es mir nie, ihn zur Mitarbeit im Unterricht oder zum Lernen zu motivieren.

Als ich mir eines Tages die Aufsätze, die ich den Schülern als Hausaufgabe gegeben hatte, vorzeigen ließ, sagte er:»Ich habe den Aufsatz nicht geschrieben!«

Ich merkte schon, wie ein gewisser Zorn in mir hochkam, und ich fragte ihn noch ganz ruhig:»Warum hast du den Aufsatz nicht gemacht?«

Darauf erwiderte Otto ganz trocken:»Ich hatte keine Lust!«

Dann verlor ich die Beherrschung und gab ihm eine derart schallende Ohrfeige, dass ihm das Blut aus der Nase lief. Otto rannte aus dem Klassenzimmer. Die übrigen Schüler waren entsetzt. So kannten sie mich nicht! Zwar waren sie von manchen anderen Lehrern durchaus Prügel gewohnt, aber nicht von mir! Es war in der Tat das erste und einzige Mal, dass ich zu so einer drastischen Maßnahme griff.

Am Abend tat es mir dann sehr leid und ich dachte:»Eigentlich war Otto ja erfrischend ehrlich. Es hat ihn sicher viel Mut gekostet, diese Antwort zu geben.« Für den nächsten Tag beschloss ich, ein klärendes Gespräch mit ihm zu suchen. Aber er hatte sich krank gemeldet. In der Woche darauf nahmen ihn seine Eltern von der Schule.

Im Herbst anno 1897 fragte mich Kollege Fitzke, ob ich nicht Lust hätte, mich mal wieder mit ihm am Wochenende in unserem früheren Stammcafé zu treffen. Ich sagte gerne zu. Wir vereinbarten, uns am Sonntag um 15 Uhr dort zu treffen.

Ich war pünktlich da; Herr Fitzke nicht. Als er schon fünfzehn Minuten über der Zeit war, dachte ich:»Wer weiß, wen ich heute kennenlerne, falls der Kollege mich wieder versetzen sollte, wie er es vor gut zwanzig Jahren getan hat. Damals habe ich dadurch Hedwig kennenlernen dürfen.« Während ich diesen Gedanken noch hegte, wurde mir wieder so richtig bewusst, wie glücklich ich damals war und wie schön unsere ersten Ehejahre waren. Auch fühlte ich jetzt, dass ich sie eigentlich auch heute noch viel mehr liebte, als ich das meistens zeigen konnte.

Als ich so in meinen Erinnerungen schwelgte, kam Herr Fitzke:»Entschuldigen Sie bitte meine Verspätung! Ich bin noch aufgehalten worden.«

Sogleich entspann sich ein Gespräch. Zum Warmwerden tauschten wir kurz noch ein paar banale Neuigkeiten aus.

Zunächst gab mir mein Gegenüber ausführlich Gelegenheit, nochmals nähere Details zu meiner Lebenskrise zu schildern. Es tat gut, mit einem so sympathischen, klugen Menschen darüber zu reden. Da ich zu Herrn Fitzke ein besonders großes Vertrauen hatte, berichtete ich ihm sogar von meinem Suizidversuch und meiner vagen Vermutung, dass es meine Schwester Babsi gewesen sein könnte, die ihn auf irgendeine Art und Weise aus dem Jenseits vereitelt hätte. Herr Fitzke hatte die ganze Zeit – es dauerte sicherlich länger als eine Stunde – aufmerksam zugehört, ohne mich zu unterbrechen. Nur manchmal fragte er kurz nach, wenn er etwas nicht richtig verstanden zu haben glaubte.

Dann ergriff er das Wort:»Lieber Kollege, Ihre Vermutung, Ihre verstorbene Schwester könnte die Sache verhindert haben, ist nicht so absurd wie man vielleicht meinen könnte. In der geistigen Welt kreucht und fleucht es nur so von den verschiedensten Wesenheiten, die Seelen der Verstorbenen, dann die Engel, Erzengel, usw. Und ich denke schon, dass die in das Erdenleben leitend oder helfend eingreifen können.«

Es überraschte und beglückte mich zugleich, dass meine Idee, meine Schwester Babsi könnte es gewesen sein, die mir Frau Mielke schickte, um meinen Suizid zu verhindern, vielleicht doch nicht so verrückt war.

Herr Fitzke fuhr fort:»Es gibt viel, viel mehr zwischen Himmel und Erde als wir glauben. Übrigens, waren Sie schon einmal bei einer Séance?«

»Séance?«, fragte ich.»Was ist das denn?« Kollege Fitzke erklärte:»Ja, ja, das ist den meisten Menschen nicht bekannt. Also, eine Séance ist eine spiritistische Sitzung, in der ein Medium Botschaften aus dem Jenseits empfängt.« Auch wenn ich mit dem Begriff Medium genauso wenig anfangen konnte, war mein Interesse geweckt. Bevor ich etwas hätte sagen oder fragen können, fuhr Herr Fitzke fort:»Diese Sitzungen finden an bestimmten Tagen im Salon eines Medizinprofessors, hier ganz in der Nähe statt. Der Professor ist ein guter alter Freund von mir, und der hat bestimmt nichts dagegen einzuwenden, wenn ich zur nächsten Sitzung noch einen Freund mitbringe. Schließlich ist sein Salon groß genug.«

Ich war sofort einverstanden, und Herr Fitzke nannte mir Datum, Uhrzeit und Ort der nächsten Séance.

Am vereinbarten Termin trafen wir uns vor der Villa des Professors, der uns die Tür öffnete und mich willkommen hieß, nachdem mein Begleiter mich kurz vorgestellt hatte.

Als wir den riesigen Salon betraten, war ich recht überrascht, wie viele Leute anwesend waren. Es waren gewiss mehr als zwanzig. Von zwei Damen abgesehen befanden sich nur Herren in dem Raum. Die meisten dürften wohl etwas älter als ich gewesen sein. Alle waren sehr fein gekleidet und schienen gespannt wie ein Flitzebogen zu sein. Die Anwesenden saßen im Kreis auf Stühlen oder Sesseln. Der Gastgeber wies uns zwei Plätze an. Der Kreis war an einer Stelle ein wenig ausgespart, um einem kleinen Schreibtisch Platz zu bieten. Die schweren Brokatvorhänge waren zugezogen. Das Licht des Raumes wurde ausschließlich durch etliche flackernde Kerzen gespendet. Obwohl die Veranstaltung noch gar nicht begonnen hatte, waren alle mucksmäuschenstill. Neuankömmlinge wurden nur durch ein kurzes Kopfnicken begrüßt.

Dann ging es los! Der Professor geleitete aus dem Nebenraum eine Dame in den Salon, die sich sogleich an den kleinen Schreibtisch setzte. Mit leiser, fast feierlicher Stimme sagte er: »Meine sehr verehrten Damen, sehr geehrte Herren, ich darf auch heute Abend wieder Madame Bardot begrüßen, die uns wieder vieles aus der geistigen Welt berichten wird.« Madame Bardot war eine etwas dickliche ältere Dame. Sie trug ein gemustertes langes Kleid sowie ein Kopftuch, unter dem vorne und hinten ihre pechschwarzen Haare herausschauten. Insgesamt machte sie schon rein optisch einen etwas befremdlichen, fast unheimlichen Eindruck. »So sieht also ein Medium aus«, dachte ich. Einige Minuten lang herrschte Schweigen. Madame Bardot warf einen kurzen, prüfenden Blick auf jeden einzelnen Teilnehmer. Aus mir nicht bekannten Gründen blieb ihr Blick an mir besonders lange haften.

Dann sagte sie mit unüberhörbarem französischen Akzent: »Jonas möchte heute seine Durchsagen vom letzten Mal fortsetzen.« Anschließend schloss sie ihre Augen und atmete etliche Male kräftig ein und aus. Ihre Hände lagen leicht geöffnet auf ihren Knien auf, wobei die Handflächen nach oben zeigten.

Was dann dieser Jonas, wer immer er auch gewesen sein mag, durchgesagt hatte, bekam ich gar nicht so genau mit. Zum einen konnte ich es vielleicht nicht verstehen, weil ich der vorangegangenen Sitzung nicht beigewohnt hatte und mir somit der Kontext fehlte. Zum anderen zog mich die ganze Atmosphäre, die in diesem Raum herrschte, zu sehr in ihren Bann. Das Ganze machte auf mich einen düsteren und surrealen Eindruck. Ich achtete nicht so sehr auf das, *was* das Medium sagte, sondern mehr darauf, *wie* sie es sagte. Bis zum Schluss war ich mir nicht sicher, ob ihr französischer Akzent echt oder antrainiert war. Die Anwesenden hingen an ihren Lippen, als säße der Messias vor ihnen. Das alles hat mich eher abgestoßen, wenngleich ich mir zu den Inhalten ihrer Botschaften kein Urteil bilden konnte. Auch vermochte ich nicht zu entscheiden, ob sich ihre Stimme, die, während sie die geheimnisvollen Mitteilungen aussprach, völlig anders, fast männlich klang, willkürlich oder unwillkürlich veränderte.

Nach einer knappen Stunde bat Madame Bardot um eine kurze Pause und verließ den Salon. Mein Kollege, der neben mir saß, hatte wohl bemerkt, dass die Veranstaltung mich nicht sonderlich angesprochen hatte und flüsterte mir zu: »Ich glaube, Sie fühlen sich hier unbehaglich. Mir gefällt es heute auch nicht sonderlich. Wenn Sie wollen, können wir gehen.«
Ich war ganz froh und nickte zustimmend. Unter verständnislosen Blicken der übrigen Zuhörer verließen wir die Veranstaltung.

Auf dem gemeinsamen Heimweg meinte Herr Fitzke:»Ja, als ich das erste Mal einer Séance beigewohnt hatte, war ich auch ziemlich irritiert und fast geschockt, weil mir die Atmosphäre fremd war und ich nicht viel verstand.«»Wie funktionieren denn diese vermeintlichen Geistdurchsagen? Wie kann ich mir das vorstellen?«, wollte ich wissen. Herr Fitzke führte aus:»Also, solche Medien sind ganz besondere Menschen. Sie haben ganz bestimmte Fähigkeiten, die normale Menschen nicht haben. Sie vermögen es, sich in einen Zustand tiefster Trance zu versetzen. In dieser Trance bekommen sie von dem, was in der äußeren Welt um sie herum geschieht, nichts mit. Dadurch können sie sich für Wesen aus dem Jenseits öffnen. Diese Wesen nutzen dann die Sprechwerkzeuge des Mediums, um ihre Botschaften zu senden. Sie sprechen also gewissermaßen durch das Medium. Bei Madame Bardot ist es meistens das gleiche Wesen. Es nennt sich Jonas. Ob es ein verstorbener Mensch oder ein höheres Wesen ist, kann ich nicht wirklich entscheiden. Ich habe schon viele Durchsagen von Jonas gehört. Vieles war wirklich höchst interessant. Für mich ist das schon ein Beweis dafür, dass es höhere Welten gibt und dass unsere Verstorbenen noch sehr lebendig sind.«

Dann fuhr er fort:»In der nächsten Séance am kommenden Samstag gibt Madame Bardot den Zuhörern mal wieder die Möglichkeit, konkrete Fragen an ganz bestimmte Verstorbene zu stellen. Das ist meistens sehr interessant und aufschlussreich. Vielleicht haben Sie ja doch Lust, mich noch einmal zu begleiten?«Das hörte sich wirklich spannend an, und so sagte ich zu.

Also betraten Herr Fitzke und ich am besagten nächsten Samstag wieder den Salon des Medizinprofessors. Es war im Grunde alles wie beim letzten Mal. Im Wesentlichen waren es die gleichen Personen, die ich auch beim ersten Mal hier wahrgenommen hatte. Zwei oder drei neue Zuhörer waren dazugekommen. Zu meinem großen Erstaunen konnte ich an dem Habit eines neuen Gastes erkennen, dass er offensichtlich katholischer Priester war.

Dann ging es los. Eine Dame aus dem Publikum wünschte über Madame Bardot Kontakt zu ihrem vor wenigen Wochen verstorbenen Ehegatten. Sie konnte offensichtlich die Kassette, in der das Bargeld und die Wertsachen deponiert waren, nicht finden. Nun wollte sie von ihrem Mann wissen, wo sie nachzuschauen hätte. Nachdem die Dame ihre Frage an ihren verstorbenen Mann gerichtet hatte, atmete Madame Bardot wieder einige Male tief ein und aus. Dann sprach sie – oder dann sprach es aus ihr – mit tiefer Stimme:»Liebste Ilse, die Kassette befindet sich in der Bibliothek, im Regal an der Wand, die der Tür gegenüberliegt, im vierten Fach von unten, direkt hinter den Büchern von Shakespeare.« Was er sonst noch so sagte, kann jetzt hier ignoriert werden.

Übrigens, wie mir Herr Fitzke, der diese Dame gut kannte, später berichtete, hat sie die Kassette tatsächlich an dem von ihrem verstorbenen Gatten beschriebenen Platz gefunden!

Diese Durchsage machte schon einen gewissen Eindruck auf mich, wenngleich ich nicht ganz ausschließen wollte, dass es sich um Hokuspokus handelte.

Dann fragte der Professor:»Möchte noch jemand der geschätzten Anwesenden eine Frage an einen lieben Verstorbenen richten?« Ohne groß darüber nachzudenken, bekundete ich mit einem Fingerzeig mein Interesse. Natürlich wollte ich meine geliebte, vor ein paar Jahren verstorbene Tochter Babsi kontaktieren. Der Professor forderte mich auf, meine Frage zu stellen.

Erst wusste ich nicht so recht, wie ich anfangen und wie ich es überhaupt formulieren sollte. Doch dann begann ich:»Ich hätte gern Kontakt zu meiner Babsi.«

Nachdem sich Madame Bardot etwas konzentriert und ihr Atmungsritual durchgeführt hatte, erhielt ich die Frage, die mich wirklich auf das Höchste erstaunte:»Welche Babsi meinst du?« Ich war verblüfft!

»Wie um alles in der Welt kann Madame Bardot – oder wer auch immer durch sie sprechen mag – wissen, dass ich zwei Babsis verloren hatte, meine Schwester und meine Tochter?«, dachte ich, um dann wie aus der Pistole geschossen zu antworten: »Meine vor drei Jahren verstorbene Tochter Babsi!« Madame Bardot schnaufte tief ein und aus. Dann hörte ich eine fast kindliche Stimme, die in der Tat ein wenig Ähnlichkeit mit der Stimme meiner Tochter, an die ich mich noch bestens erinnern konnte, hatte: »Lieber Papsi, mir geht es sehr, sehr gut. Mache dir keine Sorgen. Wir werden uns wiedersehen. Ich muss jetzt wieder gehen. Ich habe hier viel zu tun.« Ich war fast außer mir; ein paar Tränen, die ich vor Rührung vergoss, rannen meine Wangen hinunter.

Als ich etwas später gemeinsam mit Kollege Fitzke die Veranstaltung verließ, meinte er: »Na, das war doch wohl alles höchst erstaunlich, oder?«

Ich musste ihm Recht geben: »Ja, durchaus! Besonders beeindruckt hat mich, dass Babsi mich mit ›Papsi‹ angesprochen hatte. Diesen ungewöhnlichen Kosenamen mochte sie so sehr, weil er sich auf Babsi reimt. Sie verwandte ihn aber eher selten, meistens dann, wenn sie den Eindruck gewonnen hatte, dass es mir nicht so gut ginge.«

In den nächsten Tagen und Wochen musste ich immer wieder an diese Séance denken. Jetzt wichen in mir die letzten Zweifel, dass es ein Leben nach dem Tod gibt. Nun war ich mir endgültig sicher, dass es meiner kleinen Babsi gut ging. Die von ihr verheißene Aussicht auf ein Wiedersehen machte mich geradezu glücklich.

Dennoch blieben diese medialen Praktiken für mich nach wie vor etwas mysteriös, ja suspekt. Mögliche weitere spirituelle Erkenntnisse wollte ich nicht auf diesem Weg gewinnen. Ich nahm nie wieder an einer Séance teil, was mir Kollege Fitzke aber nie verübelte.

Er sagte mir später einmal: »Ich möchte auch nicht unbedingt darauf schwören, dass alles, was man in diesen Geist-

durchsagen zu hören bekommt, absolut und ganz uneingeschränkt der Wahrheit entspricht. Aber es gibt meines Erachtens heutzutage kaum eine bessere Möglichkeit, etwas über die
geistige Welt zu erfahren. Dass einem die Pfaffen da nichts
Verlässliches sagen können, ist Ihnen ja auch längst klar geworden. Letztlich muss jeder seinen eigenen Weg finden und
gehen.«

Ich fand es natürlich jammerschade, dass ich aus den erwähn-
ten Gründen Hedwig nichts von diesen Erlebnissen erzählen
konnte. Vermutlich hätte sie mich für verrückt erklärt.

In den folgenden Jahren gelang es uns zumindest ein wenig,
unsere gegenseitige Liebe zurückzuerobern. Wir nahmen uns
jetzt wirklich viel Zeit füreinander und versuchten unser Leben
zu genießen. Durch Hedwigs Erbschaft spielte Geld keine
große Rolle. Wir gingen jetzt wieder sehr häufig miteinander
aus. Wir besuchten den Zoologischen Garten, Museen, Tanz-
cafés, Jahrmärkte und vieles mehr. Des Öfteren gingen wir
auch in noble Speiserestaurants, wo wir die feinsten Speisen,
die man damals in Berlin bekommen konnte, genossen. Ja, ich
wurde auf meine nicht mehr ganz so jungen Tage zum Fein-
schmecker! Natürlich gehörte zu einem guten Essen auch ein
guter Wein.
    Das Trinken eines erlesenen Weines wurde für uns schon
bald auch zu Hause zum festen Ritual.

Hedwig erlebte ich seit langer Zeit mal wieder heiter. Ich war
es wohl auch, zumindest war ich mit meinem Leben und auch
mit mir wieder versöhnt und einigermaßen zufrieden. Trotzdem ging mir immer wieder einmal der Gedanke durch den
Kopf, dass mein Leben ganz anders, vielleicht erfüllender verlaufen wäre, wenn ich die Schriftsteller- oder Theaterlaufbahn
eingeschlagen hätte. Aber dazu fehlten mir die Überzeugung,
dass mein Talent ausreichend gewesen wäre und – vor allem –
die notwendigen Beziehungen und Kontakte.

Über spirituelle Themen machte ich mir in dieser Zeit keine allzu großen Gedanken. Mein Halbwissen, das ich mir darüber im bisherigen Verlauf meines Lebens erworben hatte, sowie meine feste Überzeugung, dass es meinen lieben Verstorbenen wohl sehr gut ginge, schienen mir zu reichen.

Im Sommer des Jahres 1907 flatterte eine Einladung zu einer Hochzeitsfeier ins Haus. Mein Schwager Paul Schmidtke, der ja seit dem Tod seiner Eltern die Schokoladenfabrik leitete, wollte den Bund fürs Leben schließen. Hedwig und ich waren sehr überrascht, dass der alte Knabe – er ging schon auf die sechzig zu – doch noch eine Frau gefunden hatte.

Wir nahmen die Einladung gerne an. Auch wenn ich Paul in den letzten Jahren nur selten getroffen hatte, so war er mir gewiss nicht unsympathisch. Hedwig hatte ihn hin und wieder einmal besucht.

Über die eigentliche Hochzeitsfeier gibt es nichts zu berichten, was von Belang wäre. Solche Festivitäten waren wie bereits erwähnt nicht mein Fall. Das Festmahl und der Wein waren allerdings nur vom Feinsten!

Als wir uns dann von ihm und seiner Angetrauten Marga verabschiedeten, nahm er mich beiseite und meinte: »Lieber Schwager, ich finde es sehr schade, dass wir uns in letzter Zeit so selten zu Gesicht bekommen haben. Ich gebe zu, dass ich mit der Leitung der Fabrik sehr viel zu tun hatte und auch viel unterwegs war. Aber kürzlich habe ich viele Aufgaben an einen fähigen jungen Mitarbeiter delegiert, so dass ich jetzt endlich deutlich kürzertreten kann. Hättest du nicht Zeit und Lust am kommenden Samstag Abend mal bei mir vorbeizuschauen. Dann könnten wir uns mal so richtig von Mann zu Mann unterhalten.«

Ich dachte: »Ja warum eigentlich nicht!« und sagte zu.

An dem vereinbarten Samstag suchte ich dann meinen Schwager auf. Er begrüßte mich sehr herzlich und bat mich in seinen Salon. Mein Blick fiel gleich auf das riesige Bücher-regal, das gewiss über sechs Meter lang und mit Büchern vollgestopft war. Das hatte ich früher zu Lebzeiten meines Schwiegervaters nie wahrgenommen. Schon auf den zweiten oder dritten Blick sah ich Werke von Goethe, Schiller, Lessing und vielen anderen großen Dichtern und Denkern.

»Ich hätte nicht gedacht, dass Paul sich offensichtlich mit schöngeistiger Literatur befasst«, dachte ich. Wir setzten uns an einen kleinen Tisch. Dann wollte zunächst jeder vom anderen wissen, wie es ihm in den letzten Jahren so ergangen war. Dieser Dialog, währenddessen wir fast zwei Flaschen Rotwein getrunken hatten, mag so etwa zwei bis drei Stunden gedauert haben.

Ich war schon nahe dran, mich zu verabschieden, als Paul plötzlich und völlig unvermittelt fragte:»Johann, hast du schon einmal von Hellsehern gehört?«

Den Begriff hatte ich durchaus schon einmal irgendwo aufgeschnappt. Ich hätte aber zu diesem Zeitpunkt nicht sagen können, was einen Hellseher etwa von einem Wahrsager oder einem Medium unterscheidet. So sagte ich nur:»Gehört schon, aber was man genau darunter versteht, weiß ich nicht. Wohl war ich schon mal bei einem Jenseitsmedium. Das ist aber etwas anderes, glaube ich.«

Ich war völlig verblüfft, dass mein Schwager sich für solche Themen zu interessieren schien, zumal ich immer der festen Überzeugung war, dass er als seriöser Geschäftsmann über diese Dinge ähnlich dächte wie seine Schwester, meine Hed-wig.

Darauf sagte mein Schwager:»Ja, bei einem Medium war ich vor vielen Jahren auch schon mehrmals. Aber da halte ich mittlerweile nicht mehr viel davon, nicht dass ich der Meinung wäre, dass das alles dummes Zeug sei, was sie von sich geben. Nein, nein, auf diese Art kann man schon einige interessante und durchaus stimmige Einblicke ins Jenseits bzw. in die geistige Welt bekommen. Es gibt allerdings ein großes Prob-lem! Ein Medium befindet sich während der Durchsagen in tiefer Trance; das heißt das normale Bewusstsein, also das Tages- oder Ich-Bewusstsein, ist dabei ausgeschaltet. Der Geist schläft. Der kritische Verstand muss schweigen. Das ist mit einigen Gefahren verbunden. Man kann nie so genau wissen, welche Wesen sich durch die Stimme des Mediums melden. Man weiß nicht, ob es hohe oder niedrige Geistwesen sind. Plakativ formuliert – man weiß nie, ob es ein Engelwesen oder ein Teufel ist.«

Das, was Paul sagte, leuchtete mir ein. Als ich den Begriff »ein Teufel« vernahm, musste ich kurz an die ganzen Erklärungen, die ich früher von meinen Eltern und vom Pfarrer gehört hatte, denken. Außerdem verwunderte es mich, dass er »*ein* Teufel« sagte. »Sollte es etwa *mehrere* Teufel geben?«, dachte ich.

Ich überlegte noch, was ich als erstes fragen sollte, als Paul meinte: »Lieber Schwager, es ist schon recht spät, und außerdem haben wir viel zu viel Wein getrunken. Das sind nicht die richtigen Voraussetzungen, um über so wichtige und schwierige Themen zu reden.«
Ich konnte ihm nur beipflichten. So verabredeten wir uns für den nächsten Samstag.

Am nächsten Samstag suchte ich Paul gespannt und voller Erwartungen auf. Wir hielten uns dieses Mal nicht mit verbalem Vorgeplänkel auf und beließen es den ganzen Abend bei einer halben Flasche Wein.
Mein Schwager eröffnete das Gespräch: »Als ich dich letzten Samstag fragte, ob du schon einmal von Hellsehern gehört hast, war ich mir nicht sicher, ob du überhaupt einen Draht zu spirituellen Themen hast. Es hätte ja sein können, dass du damit ähnlich wenig anfangen kannst wie meine Marga und deine Hedwig, die nur an das glauben, was die Pfaffen sagen. Es freut mich sehr, dass wir beide da offensichtlich ähnlich gepolt sind!«

Paul fuhr fort:»Ja, beim letzten Mal sind wir beim Thema ›Hellseher‹ stehengeblieben, und du hast gesagt, du könntest den Begriff nicht so richtig einordnen. Wenn du möchtest, kann ich darüber ein wenig sprechen.«

»Ja, sehr gerne!«, antwortete ich.

Nun legte Paul so richtig los:»Wie du sicher weißt, ist diese Welt, in der wir leben, also die Erdenwelt, nicht die einzige, die es gibt. Sie ist allerdings die einzige Welt, in der normale Durchschnittsmenschen wie du und ich vermöge unserer fünf Sinne wahrnehmen können. Darüber hinaus gibt es aber noch höhere Welten, übersinnliche oder geistige Welten, in denen beispielsweise die Seelen der Verstorbenen und alle Engelwesen leben. In dieser Welt können Leute wie wir beide nicht wahrnehmen. Für uns und für die meisten Menschen *scheinen* sie deshalb nicht zu existieren und können verleugnet werden. Nun gibt es aber Menschen, die in diesen Welten genauso wahrnehmen können wie wir in der Sinneswelt wahrnehmen können. Solche Menschen nennt man Hellseher.«

Diese Erklärung leuchtete mir ein. Allerdings war ich erstaunt zu hören, dass es Menschen mit dieser Fähigkeit überhaupt gab. Davon hatte ich so noch nie gehört. So sprudelten die nächsten Fragen nur so aus mir heraus:»Woher kommt denn diese Gabe, die Hellseher haben? Warum sind *wir* nicht hellsichtig? Warum hört man so wenig davon?«

Paul sprach:»Zunächst einmal sollte man wissen, dass die Hellsichtigkeit in früheren Zeiten, die allerdings schon einige Jahrtausende zurückliegen, eine ganz normale Fähigkeit war, die *alle* Menschen hatten. Diese Fähigkeit musste nach und nach verloren gehen, damit die Menschen sich von der unmittelbaren Führung durch die geistige Welt lösen und sich ihre Verstandeskräfte und schließlich ihre Freiheit erringen könnten. Mittlerweile ist die Zeit aber reif, dass immer mehr Menschen wieder einen direkten Zugang zur geistigen Welt bekommen. Noch sind es nur sehr wenige, die diese Gabe haben.«

»Wie kann ich mir dieses Hellesehen vorstellen? Wie funktioniert das?«, wollte ich wissen.

Paul fuhr fort:»Ich will es mal ganz einfach ausdrücken: So wie jeder Mensch, der über gesunde Sinnesorgane verfügt, in der äußeren Welt wahrnehmen und beobachten kann, ist es einem Hellseher möglich, in der geistigen Welt wahrzunehmen und zu beobachten. So wie wir hier andere Menschen sehen, so sieht ein Hellseher die Verstorbenen und die Engelwesen.«

Mein Schwager machte noch viele Ergänzungen zu diesen Ausführungen, die ich aber noch nicht so recht verstehen konnte. Dann musste ich plötzlich an die Wiedergeburt, an die Reinkarnation denken, und ich fragte:»Glaubst du an die Reinkarnation?«

Paul lächelte und sprach:»Ja natürlich, ohne die Gesetze von Reinkarnation und Karma wäre das ganze menschliche Leben mit all seinen Höhen und Tiefen überhaupt nicht zu verstehen! Selbstverständlich waren wir alle schon viele Male auf der Erde, und wir werden alle noch viele Male dort erscheinen. Nur so ist es uns möglich, uns weiterzuentwickeln, so dass wir eines urfernen Tages als schaffende göttlich-geistige Wesen ganz in geistigen Gefilden bleiben können.«

Diese kurzen Erläuterungen erschlugen mich fast. Besonders durchzuckte es mich, als ich den Begriff»Karma« hörte, von dem vor vielen Jahren schon mein Schulfreund Maximilan sprach. Ich hatte darüber nie mehr nachgedacht und konnte damit auch nichts verbinden. So fragte ich Paul:»Den Begriff ›Karma‹ habe ich schon mal aufgeschnappt. Ich kann damit aber keine konkrete Vorstellung verknüpfen.«

Darauf sagte Paul:»Ja, das ist ein schwieriger Begriff. Ich will versuchen, es so einfach wie möglich zu erklären. Karma ist das große kosmische Gesetz von Ursache und Wirkung. Nichts von dem, was wir in einem Leben an guten und nützlichen, aber auch an bösen und nutzlosen Dingen machen, geht verloren. Es wird seine Folgen in einem unserer nächsten Leben haben. Ohne das Karmagesetz wären die wiederholten Erdenleben ziemlich sinnlos. Dieses Gesetz ist ein großer

Erzieher, das eine allwaltende Gerechtigkeit garantiert. Auch alle Schicksale, die wir durchmachen müssen, sind nicht als Zufall oder göttliche Willkür zu betrachten. Alles, was uns geschieht, haben *wir* in einer früheren Inkarnation gewissermaßen *selbst* veranlasst. Ein schweres Schicksal kann aber auch seine – zumeist positiven – Folgen in einem nächsten Leben zeitigen.«

Je öfter ich in den nächsten Tagen über Pauls Ausführungen nachdachte, desto verständlicher wurden sie mir. »Da höre ich jetzt als älterer Mann etwas, was meinem Freund Maximilian schon als Jugendlichem bekannt war!«, dachte ich.

Von nun suchte ich meinen Schwager an nahezu jedem Samstag auf. Manchmal trafen wir uns auch unter der Woche. Hedwig kam meistens auch mit, nahm aber an unseren Gesprächen nie teil. Sie und Marga hielten sich in einem anderen Zimmer auf, wo sie miteinander plauderten und Handarbeiten machten.

Bei einer unserer Unterredungen im Jahre 1909 wollte ich unbedingt wissen, was Paul über den »Teufel« denkt. Dieses Thema hatte mich schon in meiner Kindheit und Jugend immer sehr stark beschäftigt, ja beängstigt und auch später nie so richtig losgelassen. Ich fragte ihn: »Bei einem unserer ersten Gespräche hast du eine Andeutung gemacht, dass es möglicherweise nicht nur *einen* Teufel gibt. Zumindest habe ich das so verstanden.«

Paul lächelte fast etwas mitleidig und sprach: »Ja, das gehört auch zu den vielen Unwahrheiten, die die Kirchen seit Jahrhunderten lehren. Sie gehen von einer Dualität aus und sagen: Auf der einen Seite sei das Gute, das durch Gott repräsentiert werde, und auf der anderen, der entgegengesetzten Seite sei das Böse, dessen Repräsentant der Teufel oder Satan sei. Den Teufel bezeichnen sie als den großen Feind Gottes und aller Menschen, den es zu meiden und zu bekämpfen gilt.«

»Ja, aber was ist daran denn unwahr?«, fragte ich ziemlich verdutzt.

Paul fuhr fort:»Zunächst einmal würde ich den Teufel nicht als den Feind der Menschen bezeichnen. Allerdings ist er ein großer Widersacher. Und – das hast du richtig verstanden – es gibt in der Tat *zwei* solche Widersacherwesen, also – wenn du so willst – zwei Teufel. Der eine ist Luzifer, der vor Urzeiten die Menschen verführt hat und der in der Paradiesgeschichte durch die Schlange repräsentiert wird. Der andere wird in den spirituellen Lehren von alters her Ahriman genannt. Dann gibt es natürlich unfassbar große Scharen geistiger Wesen, die sich auf die eine oder andere Seite geschlagen haben und ihren Herren zuarbeiten.«

Ich war ziemlich verwirrt und meinte:»Das ist ja ganz schrecklich, dass es dann quasi zwei so böse Wesen gibt!«

Paul entgegnete:»Langsam, du kennst doch sicher aus Goethes Faust den Ausspruch Mephistopheles':›*Ich bin ein Teil von jener Kraft, die stets das Böse will und stets das Gute schafft!*‹ Dieser Satz kommt der Sache sehr, sehr nahe.«

»Ich fürchte, ich kann dir nicht ganz folgen,« sagte ich.

Paul fuhr fort:»Die beiden Widersacher sind ihrem Ursprung nach keine bösen Wesen. Sie wollen zwar das Böse, schaffen aber letztendlich doch das Gute. Ihr Wirken wurde von der göttlichen Weltenordnung, also letztlich von Gott zugelassen.«

»Was ist denn dann der Sinn dieser zwei Wesen?«, wollte ich wissen.

»Lieber Johann, du musst dich zunächst einmal von der Vorstellung lösen, die uns die Kirchen einzutrichtern versuchen. Wir Menschen sind nicht die armseligen Geschöpfe, die vor Urzeiten von Gott abgefallen sind und – wenn sie Glück haben – eines fernen Tages wieder zu ihm zurückkehren dürfen. Mit dem Menschen wollten die Schöpfermächte eine völlig neue Wesenheit in die Weltentatsachen eingliedern, ein Wesen, das eigene Erkenntnisse erwerben, das einen freien Willen haben und selbständig zwischen Gut und Böse unterscheiden kann, ein Wesen, das eines sehr fernen Tages – nach vielen, vielen Erdenleben – selbst ein schöpferisches Wesen werden kann. Das könnte niemals möglich werden, wenn dem Menschen nicht Hindernisse bzw. Widerstände in den Weg gelegt worden wären. Ohne Luzifer hätten die Menschen niemals ihre Erkenntniskräfte gewinnen können. Sie wären immer wie unmündige Kinder im göttlichen Schoß verblieben. Natürlich war die Tat Luzifers mit großen Gefahren verbunden. Die Menschen konnten von nun an von Gott und der geistigen Welt abirren. So können wir alle heute noch unzähligen Irrtümern unterliegen und sündig werden.«

»Ja, aber warum bedarf es dann zweier Widersacher?«, fragte ich.

Paul sprach: »Nun, beide haben unterschiedliche, gegensätzliche Aufgaben. Die positiven Folgen des luziferischen Einflusses sowie die damit verbundenen Gefahren habe ich ja gerade zu erläutern versucht. Die Möglichkeit, eines Tages zur Freiheit gelangen zu können, bringt aber auch Probleme mit sich. Durch Luzifers Verführung sind im Menschen der Hochmut und der Egoismus entfacht worden. Auch heute ist es sein Bestreben, uns zu Egoisten zu machen, die nur auf ihren eigenen Vorteil bedacht sind. Er führt uns zudem in die eine oder andere Illusion. Er möchte, dass wir zu Schwärmern werden, dass wir der Erdenwelt fliehen, damit wir nicht unsere notwendige Entwicklung durchmachen können. Ahriman, der ein ungleich gefährlicherer Widersacher ist und eine sprichwörtlich teuflische Intelligenz besitzt, möchte im Grunde genau das Gegenteil. Sein Ziel ist es, uns fest an die Erde zu ketten. Er will uns glauben machen, es gäbe *keine* geistige Welt. Dass es heute so viele Menschen gibt, die weder an Gott noch an höhere, übersinnliche Welten glauben, ist sein Verdienst. Auch unser trockenes, abstraktes Denken, das wir uns über Sinnliches machen, sowie die gesamte Technik werden von ihm inspiriert. Ahriman ist insbesondere auch der Vater der Lüge. Beide haben also ganz unterschiedliche Ziele und versuchen permanent, uns für diese zu missbrauchen.«

Ich war ein wenig geschockt und fragte:»Das ist ja fürchterlich! Gibt es keinen, der uns da hilft, gibt es keinen Ausweg?«

»Doch!«, sagte Paul,»Zwischen diesen beiden extremen Polen des Bösen muss man sich den Christus, den Sohn Gottes denken. Er repräsentiert die goldene Mitte, die die beiden Extreme versöhnt. Man muss also von einer Dreiheit, von einer Trinität sprechen: Die beiden Pole des Bösen, vertreten durch Luzifer und Ahriman, und die goldene Mitte, repräsentiert durch Christus. Wir Menschen müssen es schaffen, das Gleichgewicht zwischen diesen beiden Extremen zu halten. Jede Abirrung zu einem der beiden Pole ist im Grunde das, was man als ›Sünde‹, als Absonderung vom Guten, von Christus bezeichnen könnte. Das ist unsere Aufgabe, eine verdammt schwere Aufgabe, deren Bewältigung aber notwendig ist, um eines fernen Tages das große Menschheitsziel, das uns von den guten geistigen Mächten vorgezeichnet wurde, erreichen zu können. Wir sollten also die Widersachermächte nicht ›verteufeln‹. In gewisser Weise sollten wir ihnen sogar dankbar sein. Eines urfernen Tages wird es die Aufgabe der Menschen sein, Luzifer und Ahriman zu erlösen.«

Ich wusste gar nicht mehr so recht, was ich noch sagen oder fragen sollte. Mir schwirrte der Kopf. Da Paul das bemerkte, meinte er:»Lassen wir es für heute damit gut sein, auch wenn es dazu noch viel zu sagen gäbe. Aber ich möchte dir noch ein einfaches, vielleicht etwas banales Beispiel anführen, das dir verdeutlichen kann, wie man sich das mit den beiden extremen Polen und der goldenen Mitte vorstellen kann, wenngleich das allenfalls bedingt mit Luzifer und Ahriman zu tun haben mag. Also, stelle dir einen Marathonläufer vor, der sich auf die Olympischen Spiele 1912 in Stockholm vorbereiten möchte. Das eine Extrem wäre, wenn dieser Athlet denken würde, er sei schon so gut, dass er es gar nicht nötig hätte, intensiv zu trainieren. Er würde also ohne großes Training bei den Spielen starten und möglicherweise gar nicht einmal bis ins Ziel kommen, weil ihn seine Kräfte schon vorher verlassen hätten.

Das andere Extrem wäre, dass er viel zu hart, viel zu intensiv trainieren würde, so dass er seinen Körper überfordern würde, so dass dieser dadurch letztlich geschwächt, vielleicht sogar ruiniert würde. Er könnte dann gar nicht erst an den Start gehen. Die goldene Mitte, die jeder Sportler halten sollte, das richtige Maß, das er wählen sollte, bestünde darin, dass er angemessen und zielorientiert trainiert, ohne seinen Körper zu überlasten. Dann könnte er bei den Spielen starten und ein ordentliches Ergebnis erzielen.«

In den folgenden Tagen dachte ich noch sehr oft über dieses Thema nach. Wenn ich bestimmte Gedanken hegte oder gewisse Handlungen plante, so stellte ich mir oft die Frage:»Hat mich da jetzt einer der beiden Widersacher am Kragen?«

Bei unserem nächsten Treffen ergänzte Paul noch einiges über die beiden Widersacher.

Dann fragte er plötzlich:»Du Johann, hast du schon einmal von Dr. Rudolf Steiner gehört? Sagt dir der Name etwas?«

Ich zögerte einen Moment, um dann zu antworten:»Ja, ich glaube, den Namen schon einmal auf einem Plakat an einer Litfaßsäule gelesen zu haben. Ich habe dem Aushang aber keine große Beachtung geschenkt. Nein, ich weiß nicht, wer er ist.«

Paul sagte:»Auf dem Plakat, das du gesehen hast, wurde gewiss einer seiner Vorträge, die er im Architektenhaus hält, angekündigt. Also, Dr. Steiner ist ein ganz außergewöhnlicher Mensch. Er ist ein großer Eingeweihter. Eingeweihte sind Menschen, welche die großen geistigen Gesetzmäßigkeiten kennen und somit alles, was sie hellsichtig wahrnehmen und studieren können, richtig ein- und zuzuordnen vermögen.«

»Warst du schon einmal in einem seiner Vorträge?«, wollte ich wissen.

»Ja, ich habe schon einige gehört. Seine Vorträge sind höchst beeindruckend. Das meiste, was ich dir bisher schildern konnte, verdanke ich Steiners Ausführungen. Wenn du Lust hast, können wir uns ja mal einen Vortrag gemeinsam anhören. Wir müssen uns nur rechtzeitig um eine Eintrittskarte bemühen«, sagte Paul.

Ich war sofort einverstanden, und Paul versuchte, Karten für einen der nächsten Vorträge zu bekommen.

Wenige Tage später war es soweit. Paul hatte zwei Karten ergattert, und wir machten uns auf den Weg zum Architektenhaus.

Schon eine Viertelstunde vor Beginn des Vortrags war der Raum bis auf den letzten Platz gefüllt. Ich war etwas überrascht, dass unter den Anwesenden auch sehr viele Damen waren. Die wohl meisten Zuhörer waren so zwischen vierzig und siebzig Jahren. Es herrschte eine unglaubliche Stille. Man konnte mit Händen greifen, dass die Leute mit äußerster Spannung auf den Referenten warteten.

Plötzlich ging ein leichtes Raunen durch die Zuhörerschaft: Dr. Rudolf Steiner kam herein. Langsamen Schrittes ging er nach vorne zum Podium. Während er so den Saal durchschritt, blickte er fortwährend mal nach links, mal nach rechts zu den Anwesenden. Ich hatte den Eindruck, als wollte er jeden einzelnen Menschen so intensiv wie möglich wahrnehmen und gewissermaßen in sein Inneres aufnehmen.

Nachdem er das Rednerpult erreicht hatte, begann er:»Meine sehr verehrten Anwesenden!«

Das Erscheinungsbild und das ganze Auftreten Rudolf Steiners haben mich derart in ihren Bann gezogen, dass ich von dem eigentlichen Vortrag gar nicht alles mitbekommen habe.
Dr. Steiner sprach sehr deutlich, laut und kraftvoll, so dass ihn auch die Zuhörer in den letzten Reihen, in denen auch Paul und ich saßen, bestens verstehen konnten. Rudolf Steiner sprach mit einem leichten österreichischen Akzent und ver-

wandte des Öfteren Worte, die mir als zwar ungewöhnlich, vielleicht sogar veraltet, aber durchaus passend erschienen. Dr. Steiner war zu dieser Zeit – wie ich später erfuhr – schon fast fünfzig Jahre, wirkte aber ungleich jünger, frischer und elanvoller als die meisten in diesem Alter.

Es war kein normaler Vortrag, wie ich ihn während meines Studiums von meinen Professoren häufig zu hören bekam. Rudolf Steiner sagte nichts, was er sich im Vorhinein zurechtgelegt oder gar auswendig gelernt hätte. Alles klang unglaublich lebendig. Ich hatte den Eindruck, dass er vieles, über das er sprach, in genau diesem Moment in der geistigen Welt wahrnehmen konnte. Er schilderte also gewissermaßen seine Beobachtungen, die er gerade machte. Nichts von dem, was er darstellte, hatte einen belehrenden Charakter, wie ich das früher bei den Predigten der Pfarrer empfunden hatte. Alles war vielmehr absolut freilassend. Er schien es den Seelenkräften seiner Zuhörer zu überlassen, ob sie seine Ausführungen annehmen konnten oder ablehnen wollten.

Schon vor Ende des Vortrags war mir allerdings klar: »Das, was dieser außergewöhnliche Mann sagt, ist die Wahrheit, die reine Wahrheit! Dieser Mann hat eine göttliche Mission!«

Nach dem Vortrag gingen Paul und ich noch auf ein halbes Stündchen in ein Café. Paul war natürlich schon neugierig und wollte wissen, wie mir der Vortrag gefallen hätte.

»Außerordentlich gut! Allerdings muss ich zugeben, dass ich gar nicht immer so ganz genau auf das geachtet habe, *was* er sagte, sondern mehr auf das, *wie* er es sagte, und das war höchst beeindruckend. Es ist sehr schade, dass ich erst jetzt auf ihn aufmerksam wurde«, sagte ich.

Am übernächsten Samstag traf ich mich wieder mit meinem Schwager in seinem Salon. Wir sprachen noch eine ganze Zeit über Rudolf Steiner und seinen Vortrag.

Dann zeigte mir Paul ein Buch und sagte:»Dieses Buch von Dr. Steiner mit dem Titel ›Theosophie‹ ist vor kurzem veröffentlicht worden. In diesem legt er viele Grundlagen seiner Geisteswissenschaft. Dann las er mir ein paar kurze Ausschnitte vor und zeigte mir das Inhaltsverzeichnis. Das Buch gewann sofort mein Interesse.

In den folgenden Wochen und Monaten stand dieses Buch im Mittelpunkt unserer samstäglichen Treffen. Auch mein lieber Kollege Fitzke, den ich ein paar Wochen zuvor mit Paul bekannt gemacht hatte, nahm jetzt öfters teil. Wir lasen das Werk gemeinsam mehrmals, ja wir studierten es, Wort für Wort.

Darüber hinaus besuchten wir auch noch einige weitere Vorträge, die Rudolf Steiner in Berlin hielt. In diesen Vorträgen ging es neben vielem anderen auch um Reinkarnation und Karma. Ich begann, diese Gesetze langsam zu verstehen.

Bei dem ersten Thema des besagten Buches, das meine ganze Aufmerksamkeit auf sich zog und das ich zu begreifen suchte, ging es darum, dass der Mensch ein viergliedriges Wesen ist.

Davon hatte ich zuvor noch nie etwas gehört.

Also, neben seinem physischen Leib, den jeder, der über gesunde Sinnesorgane verfügt, wahrnehmen und studieren kann, besitzt der Mensch noch drei höhere, übersinnliche Wesensglieder, die sich nur der Geistesschau eines hellsichtigen Menschen erschließen:»Ätherleib«,»Astralleib« und»Ich(-leib)«.

Ich bin weit davon entfernt, Ihnen hier einen Vortrag zu halten, aber diese drei höheren Wesensglieder muss ich Ihnen nun doch ein wenig erläutern, ansonsten könnten Sie vieles von dem, was ich nach meinem Tod erlebt habe und was Sie später einmal nach Ihrem Tod erleben werden, nicht verstehen.

Also, der Ätherleib ist der Träger der Wachstums- und Fortpflanzungskräfte, aber auch des Gedächtnisses, der Temperamente, der Gewohnheiten und des Gewissens. Das Gedächtnis sitzt also nicht etwa im Gehirn wie meistens unterstellt wird. Das Gehirn ist in der physischen Welt nur vonnöten, damit etwas Erinnertes, also aus dem Ätherleib Heraufgeholtes, zum Bewusstseinsinhalt werden kann. Das physische Gehirn ist nicht mehr, aber auch nicht weniger als ein Werkzeug bzw. ein ›Spiegelungsapparat‹. Der Ätherleib ist immer fest mit dem physischen Leib verbunden, auch im Schlaf. Erst bei Eintritt des Todes löst er sich aus der physischen Organisation. Einen Ätherleib haben alle Lebewesen, also Menschen, Tiere und Pflanzen.

Menschen und Tiere haben über den physischen und ätherischen Leib hinaus noch ein weiteres immaterielles Wesensglied, das die ätherische Hülle umschließt: Den Astralleib. Innerhalb dieses Leibes erscheint das Eigenleben des Menschen. Es drückt sich dadurch aus, dass dieser Lust oder Unlust, Freude oder Leid usw. erlebt. Der Astralleib ist der Träger von Begierden, Trieben, Wünschen, Leidenschaften und dergleichen, aber auch von Freuden und Schmerzen. Auch hier ist es natürlich wieder so, dass der Mensch, solange er auf der Erde verkörpert ist, des Nervensystems bedarf, damit sich etwa die Schmerzen kundtun können. Dem hellsichtigen Menschen zeigt sich der Astralleib als eine Art Lichtwolke, die sogenannte »Aura«, die den physischen und ätherischen Leib umhüllt und den Kopf etwa um zwei bis drei Kopflängen überragt.

Nun besitzt aber der Mensch in der Tat noch ein viertes Wesensglied, das ihn weit über das Tierreich erhebt: Das Ich bzw. den Ich-Leib. Das an das Ich gekoppelte Bewusstsein, das Ich-Bewusstsein, das im Erdendasein eines Menschen etwa im dritten Lebensjahr erstmals aufleuchtet, ermöglicht es dem Menschen, sich als eigenständiges und seiner selbst bewusstes Wesen erkennen und von seiner Umgebung abgrenzen zu können. Jeder Mensch kann sich selbst als ein »Ich bin« wahrnehmen. Das Ich, das man auch als »Selbst« bezeichnen könnte, erlaubt ihm, sich über seine bloßen Gefühle und Triebe hinaus selbst zu bestimmen. Dadurch kann er dazu kommen, ordnende Begriffe und Gedanken zu bilden. Das Ich macht es dem Menschen möglich, aus eigenem Antrieb heraus tätig zu werden und sittlichen Idealen nachzustreben, anstatt nur blind seinen Trieben zu folgen. Dieses Ich ist der geistig-seelische Wesenskern des Menschen. Es ist unsterblich und unvergänglich; es geht von Inkarnation zu Inkarnation, von Erdenleben zu Erdenleben.

Sehr vereinfacht ausgedrückt könnte man sagen: Der physische Leib und der Ätherleib sind das, was man üblicherweise als »Körper« bezeichnet, der Astralleib repräsentiert die »Seele« und das Ich den »Geist«.

Solange der Erdenmensch wach ist, sind alle vier Wesensglieder fest miteinander verbunden. Im Schlaf trennen sich der Astralleib und das Ich aus der menschlichen Organisation und gehen in die höheren Welten, wo sie ganz bestimmte Erlebnisse haben, die aber zu Lebzeiten die Bewusstseinsschwelle nicht überschreiten. Erst nach dem Tod wird einem deutlich, was man in den Zeiten, in denen man geschlafen hat, erlebt hat. Beim Aufwachen verbinden sich das Ich und der Astralleib wieder mit den beiden unteren Leibern.

Nun möchte ich mit meiner Lebensschilderung fortfahren.

Schon seit ein paar Monaten hatte sich ein wenig abgezeichnet, dass es mit meiner Gesundheit nicht mehr zum Besten bestellt war.

Ich fühlte mich immer öfter müde und abgeschlagen, so dass es mir manchmal sehr schwer fiel, meinen beruflichen Pflichten nachzukommen. Auch verspürte ich hin und wieder eine Übelkeit sowie Schmerzen oberhalb des Bauchnabels.

Nachdem die Beschwerden dann deutlich zugenommen hatten und teilweise nur noch schwer zu ertragen waren, konsultierte ich im Herbst 1911 einen Arzt, dem ich meine Beschwerden schilderte. Nach eingehender Untersuchung fragte er:»Herr Hanke, haben Sie in Ihrem Leben viel Alkohol konsumiert?« Diese Frage musste ich bejahen.

Dann sprach er:»Die Symptome, die Sie mir geschildert haben, sowie einige weitere Anzeichen, die ich an Ihrer Haut und an Ihren Fingernägeln feststellen kann, zeigen mir deutlich, dass sie eine schwere Lebererkrankung haben.«

»Wie kritisch ist es? Kann man da noch etwas machen?«, wollte ich wissen.

Der Arzt schüttelte den Kopf und meinte nur:»Nein, leider nicht, Herr Hanke. Da ist nicht mehr viel zu machen. Ich werde Ihnen ein paar Arzneien verordnen, welche Ihre Beschwerden etwas lindern können. Aber heilen kann man Ihre Krankheit nicht mehr.«

Erstaunlicherweise schockierte mich die Diagnose des Arztes gar nicht, obwohl mir sofort klar wurde, dass meine Restlebenszeit nur noch sehr begrenzt sein würde.»Vor dem Tod muss ich mich gewiss nicht fürchten!«, dachte ich. Ich war sehr froh, dass ich mich in den letzten Jahren doch recht intensiv damit befasst hatte, was nach dem Tod auf mich zukommen wird.

Als ich wieder zu Hause angekommen war, erzählte ich Hedwig natürlich alles. Sie weinte hemmungslos. Auch wenn sie sehr verzweifelt war, tat sie jetzt alles, um mir die Zeit, die mir noch bleiben sollte, so angenehm wie möglich zu gestalten.

In den folgenden Tagen war es mir noch ein paarmal möglich, mit Hedwig einen kleinen Spaziergang zu unternehmen, von dem ich jedes Mal äußerst erschöpft zurückkam.

Fast von Tag zu Tag schwanden meine Kräfte. Mein Gewichtsverlust war enorm. Es war mir nun nicht mehr möglich, das Haus zu verlassen. Etwa drei Monate nach der Diagnose war es dann soweit, dass ich das Bett gar nicht mehr verlassen konnte. Immer wieder schüttelten mich Fieberschübe. Meine Haut war mittlerweile sehr dünn, fast durchsichtig und knittrig geworden. Außerdem hatte sie sich gelb verfärbt.

Meine Hedwig sorgte und kümmerte sich ganz rührend um mich. Fast täglich bereitete sie mir eine Mahlzeit zu, von der sie wusste, dass ich diese in gesunden Tagen sehr genossen hatte. Aber ich hatte einfach keinen Appetit mehr. Ich aß nur immer ein paar Häppchen, um ihr einen Gefallen zu tun. Nachher musste ich das zu mir Genommene meistens wieder erbrechen. Es war schwer, Hedwig klarzumachen, dass ich nichts mehr brauchte. Ich versuchte es auch gar nicht, weil für sie die Überzeugung, mir etwas Gutes zu tun, sehr wohltuend war. Außerdem lenkte sie dieses extreme Kümmern um mich von ihrer Traurigkeit und Ohnmacht ab.

Glücklicherweise blieb ich bis wenige Tage vor meinem Tod bei klarem Bewusstsein und konnte mich noch ganz gut verständigen und unterhalten. Auch meine Schmerzen waren einigermaßen auszuhalten.

So freute ich mich meistens, wenn mich jemand besuchte. Insbesondere waren es Herr Fitzke und Paul, die öfters an mein Krankenlager traten. Ihr Besuch war mir deswegen so lieb, weil ich mit ihnen ganz unbefangen über das reden konnte, was mir bevorstand. Es war für mich in dieser Zeit nur schwer zu ertragen, wenn andere Bekannte wie etwa Nachbarn oder ehemalige Kollegen zu mir kamen und mich mit banalem Geschwätz zu unterhalten glaubten oder mir gar illusorische Hoffnungen auf eine Gesundung machen wollten.

Es war mir eine Wohltat, wenn ich erkennen konnte, dass andere das, was ich längst akzeptiert hatte, auch akzeptiert hatten. Das traf aber leider nur auf Paul und Herrn Fitzke zu. Hedwig hatte die Hoffnung, dass ich vielleicht doch noch dem Tod von der Schippe springen könnte, noch nicht ganz aufgegeben. Das belastete mich sehr.

Eines Tages sagte ich zu ihr:»Meine liebste Hedwig, wir hatten doch alles in allem ein sehr schönes und erfülltes Leben. Ich bin dir für alles so dankbar. Besonders danke ich dir, dass du dich jetzt so aufopfernd um mich kümmerst, mich pflegst und versorgst! Aber bitte, versuche zu akzeptieren, dass meine Krankheit nicht heilbar ist und dass es wohl höchstens noch wenige Monate dauern wird, bis ich die Erdenwelt verlassen werde. Mache dir bitte keine Sorgen. Es wird alles gut! Du wirst es sehen!«

Hedwig erwiderte nichts darauf. Ihrem Gesichtsausdruck konnte ich jedoch entnehmen, dass sie erleichtert war, meine Sicht der Dinge zu hören, die sie in ihrem Inneren längst geteilt hatte. Dann bat ich sie noch, keinen Besuch mehr an mein Krankenlager zu lassen, der mich mit Floskeln und Banalitäten zuschütten würde. Natürlich nannte ich ihr ein paar konkrete Namen.

Dann besuchten mich einmal mehr mein Schwager Paul und Herr Fitzke. Es war erfrischend zu erleben, wie locker und ungezwungen sie mit meiner Situation umgingen. Nichts von dem, was sie sagten oder machten, unterschied sich von dem, was oder wie sie es früher getan hatten, als ich noch kerngesund war. Sofort begann Herr Fitzke ganz unverfänglich: »So lieber Herr Hanke, jetzt dauert es wohl nicht mehr allzu lange, bis Sie schlauer sind als ich.«

»Was meinen Sie damit?«, wollte ich wissen.

»Sie werden bald genau wissen, wie es in der geistigen Welt ist. Sie werden dann sehen, inwieweit die Vorstellungen, die Sie und ich uns jetzt darüber gebildet haben, mit der Wirklichkeit übereinstimmen. Irgendwie sind Sie ja fast zu beneiden!«, sagte Herr Fitzke.

»Wenn Sie sich da mal nicht täuschen, lieber Herr Fitzke! Vielleicht sterben Sie ja noch vor mir. Womöglich überfährt Sie auf dem Heimweg eine Droschke«, sagte ich im Spaß.

Mein lieber Kollege Fitzke hatte mit seiner Bemerkung, die keineswegs ironisch gemeint war, voll ins Schwarze getroffen!

Schon seit vielen Tagen dachte ich immer wieder:»Ich muss wirklich keine Angst vor dem Tod und dem, was danach kommt, haben! Ich habe mich in letzter Zeit so viel mit dem nachtodlichen Leben auseinandergesetzt, dass ich eigentlich bestens vorbereitet bin. Ja, ich bin wirklich gespannt darauf, ob meine Vorstellungen völlig richtig waren oder ob ich die eine oder andere dann korrigieren muss.« Außerdem freute ich mich unglaublich darauf, endlich meine beiden Babsis, meine Eltern und meine Großmutter wiederzusehen.

Dann fuhr Kollege Fitzke mehr im Scherz fort:»Einige Monate nach Ihrem Tod werde ich mal wieder an einer Séance bei Madame Bardot teilnehmen. Dann werde ich sie bitten, Kontakt mit Ihnen aufzunehmen, so dass Sie mir dann einiges berichten können.«

»Nein Kollege, das können Sie vergessen! Wenn ich in der geistigen Welt bin, habe ich besseres zu tun, als mich über ein Medium zu melden«, sagte ich mit einem Augenzwinkern.

Zum Abschluss ihres Besuches rang ich den beiden noch ein Versprechen ab:»Lieber Paul, lieber Kollege Fitzke, ich möchte nicht, dass bei meiner Beerdigung ein Pfarrer zugegen ist. Ich wünsche, dass einer von euch die Trauerrede hält. Versucht bitte, das Hedwig verständlich zu machen!« Beide zeigten sich nicht sonderlich überrascht und versprachen, meinen Wunsch zu erfüllen.

Auf meinem Krankenlager hatte ich jetzt sehr viel Zeit, noch mal über mein Leben, das sich mehr und mehr dem Ende zuneigte, nachzudenken.

Bei dieser Besinnung erinnerte ich mich insbesondere auch an meine vielen Fehler und Versäumnisse sowie an diejenigen Personen, denen gegenüber ich mich irgendwie schuldig fühlte.

Es gab insbesondere drei Persönlichkeiten, in deren Schuld ich zu sein glaubte.

In erster Linie war das mein Sohn Gotthold. Spätestens jetzt wurde mir sonnenklar, dass ich ein fürchterlich schlechter Vater war und dass ich ihm vielleicht sogar sein ganzes Leben verbaut hatte. Dann ging es um meine Schwester Margarethe. Der Grund für unser schlechtes Verhältnis mag gewiss an uns beiden gelegen haben, aber ich hätte mich einfach mehr um sie, die gewiss kein leichtes Leben hatte, kümmern müssen. Schließlich kam mir noch mein ehemaliger Schüler Otto Hoffmann in den Sinn, den ich vor Jahren so überzogen bestraft hatte, dass er daraufhin die Schule verließ.

Mein Fehlverhalten, meine Versäumnisse taten mir unendlich leid. Aber mir war klar, dass Reue allein nichts bewirken würde. So kam mir der Gedanke:»Es wäre wunderbar, wenn ich mit diesen drei Personen noch einmal reden, wenn ich sie um Verzeihung bitten könnte.« Ich erzählte Hedwig von meinem Wunsch, den sie durchaus verstehen konnte. Ich bat sie, die drei zu mir zu bitten.

Am nächsten Tag suchte Hedwig meine Schwester Margarethe auf und erzählte ihr von meinem Wunsch. Sie zeigte sich nicht einmal in irgendeiner Form betroffen, als sie von meinem kurz bevorstehenden Tod erfuhr und wies das Anliegen recht schroff ab.

Bei Gotthold und Otto war es gar nicht so leicht herauszufinden, wo die beiden sich jetzt aufhielten. Trotz großer Bemühungen ist es Hedwig auch nicht gelungen, ausfindig zu machen, wo Otto Hoffmann jetzt wohnte. Nun ging es nur noch darum, vielleicht zumindest unseren Sohn aufzuspüren. Das war nicht ganz so schwierig, da wir wussten, dass er mit einem Zirkus unterwegs war. Und wie das Leben so spielt, gastierte genau der Zirkus, bei dem Gotthold arbeitete, gerade in Berlin. Hedwig suchte ihn auf und schilderte meinen Herzenswunsch. Erstaunlicherweise sagte er gleich zu.

Am nächsten Nachmittag stand er vor meinem Krankenbett. »Hallo Papa, lange nicht gesehen!«, sprach er. Meine Freude war unbeschreiblich, als ich meinen Sohn sah und seine Hand hielt. Er trug einen schönen Anzug und machte den Eindruck eines feinen, vornehmen jungen Mannes.

»Du schaust ja toll aus, Gotthold! Ich hätte dich wohl nicht erkannt, wenn ich dich auf der Straße getroffen hätte«, sagte ich.

Dann berichtete er kurz, wie es ihm in den letzten Jahren ergangen war. Er war immer noch bei dem gleichen Zirkus beschäftigt, bei dem er vor vielen Jahren angeheuert hatte. Allerdings war er dort nicht mehr als Arbeiter tätig. Er hatte in der Zwischenzeit Karriere gemacht. So oblag es ihm etwa, die Verträge mit den Artisten und Dompteuren auszuarbeiten und abzuschließen. Außerdem war er für die Zusammenstellung des Zirkusprogrammes verantwortlich. Dann war er noch leitender Redakteur des Zirkusmagazins. Dadurch verdiente er sehr gut.

Anerkennend sagte ich: »Das ist ja ganz toll, mein Junge! Da bist du ja doch noch so eine Art Journalist geworden. Ich hatte schon befürchtet, dass ich dir diesen Schritt verdorben hätte!«

Dann hatte mein Sohn eine große Überraschung für mich parat. Er ging zur Tür und sagte: »Kommt jetzt bitte herein!« Neben Hedwig, der ihre Freude ins Gesicht geschrieben stand, traten eine junge Frau und ein kleines, etwa vierjähriges Mädchen an mich heran.

Gotthold sprach: »Lieber Papa, darf ich dir meine Frau Else und unsere kleine Tochter, deine Enkeltochter, vorstellen!« Ich war sprachlos und wäre vor Freude am liebsten aus dem Bett gehüpft, wenn mein Gesundheitszustand das zugelassen hätte. Else und die Kleine begrüßten und drückten mich herzlich. »Wie heißt denn eure Tochter?«, fragte ich.

»Babsi natürlich!«, klang es aus drei Mündern gleichzeitig.

Ich war zu Tränen gerührt und wollte die Hand der kleinen Babsi gar nicht mehr loslassen.

Nach etwa einer Stunde bat ich die Damen, mich einen Moment mit meinem Sohn allein zu lassen. Dann begann ich: »Ich freue mich so sehr für Dich! Deine Frau und die kleine Babsi sind ganz reizende Menschen! Aber ich muss mit dir noch etwas ernstes besprechen. Heute weiß ich, dass ich dir ein ganz, ganz schlechter Vater war. Ich habe dich manchmal geradezu übersehen und dir viel zu wenig zugetraut. Ich weiß, dass ich das nicht wieder gutmachen kann. Aber ich bitte dich von ganzem Herzen, mir zu verzeihen.«

Gotthold nahm meine Hand und sagte: »Ich habe dein Verhalten früher auch oft nicht ganz verstehen können. Aber vielleicht hat ja dieses Verhalten, das aus mir gemacht, was ich heute bin. Und damit bin ich mehr als zufrieden. Wie auch immer – ich verzeihe dir! Es ist alles gut!«

Beide konnten und wollten wir unsere Tränen nicht verbergen.

Da der Zirkus noch zwei Wochen in Berlin gastierte, kamen die Drei uns noch ein paar Mal besuchen. Besonders freute mich, dass Hedwig jetzt, nachdem sie Großmutter geworden war, ganz offensichtlich wieder neuen Lebensmut geschöpft hatte.

Mittlerweile hatte das Jahr 1912 begonnen. Es sollte mein letztes Jahr in diesem Erdenleben werden.

Ich durfte nach wie vor mit Pauls Besuchen rechnen, der mehrmals die Woche an mein Krankenlager, das schon bald zu meinem Sterbelager wurde, trat. Auch mein lieber Kollege Fitzke schaute öfters bei mir vorbei.

Sofern es mein jetzt doch recht erbärmlicher Zustand erlaubte, sprachen wir nach wie vor über spirituelle Themen, insbesondere über die Erkenntnisse, die wir Dr. Rudolf Steiner verdankten.

Bei einem seiner Besuche zeigte mir Paul ein Buch und sagte: »Dieses Werk von Dr. Steiner ist vor gut einem Jahr erschienen. Es trägt den Titel ›Die Geheimwissenschaft im Umriss‹. Es ist höchst interessant.« Dann begann er, mir ein wenig aus diesem Buch vorzulesen. Aber meine Kräfte waren schon zu gering, so dass es mir nur mit Mühe gelang, mich auf die Darstellungen einzulassen. Als Paul das bemerkte, meinte er: »Ich glaube, es war keine gute Idee, dir *jetzt* vorzulesen. Aber wenn du gestorben bist, werde ich es nachholen.« Ich schaute ihn fragend und unverständig an. Darauf sagte er: »Lieber Johann, ob du es glauben magst oder nicht, es ist wirklich möglich, einem Verstorbenen spirituelle Themen vorzulesen oder vorzutragen. Er kann das verstehen. Du wirst ja sehen!«

Eines Tages kam mir in den Sinn, mal wieder meinem lieben Jugendfreund Maximilian, der immer noch in Amerika lebte, einen Brief zu schreiben. Schließlich sollte er auch wissen, dass es mit mir zu Ende ging. Da ich mich selbst nicht mehr in der Lage sah, mich an meinen Sekretär zu setzen und den Brief zu verfassen, bat ich Hedwig darum, was sie auch gerne tat.

Eine Antwort bekam ich jedoch nicht – zumindest nicht in Form eines Briefes oder dergleichen.

Etwa ab Ende Mai, Anfang Juni des Jahres 1912 waren meine Lebenskräfte so geschwunden, dass es mir nicht mehr möglich war, konstruktive Gespräche zu führen. Zwar bekam ich es durchaus mit, wenn ein lieber Mensch an mein Bett kam, aber ich selbst konnte keinen Beitrag zur Kommunikation mehr leisten.

Den größten Teil des Tages dämmerte ich mehr oder weniger vor mich hin. Dennoch war mir jederzeit bewusst, in welcher Lage ich mich befand und dass ich in Kürze die Schwelle des Todes überschreiten würde. Auch jetzt verspürte ich keinerlei Angst, eher eine gewisse Vorfreude.

Ich konnte mich jetzt wieder an viele Erlebnisse aus meiner frühen Kindheit erinnern, die ich längst vergessen hatte. Das war mir nun möglich, da sich mein Ätherleib schon ein wenig gelockert hatte und sich langsam aus der physischen Organisation lösen wollte. Dadurch wurde er nicht mehr so stark durch das doch recht starre physische Gehirn eingeschränkt, so dass er jetzt diese Erinnerungen aufblitzen ließ.

So sah ich mich wieder, als ich im Alter von etwa drei, vier Jahren oft stundenlang mit dem kleinen Hund unserer Nachbarn spielte. Auch erinnerte ich mich daran, dass meine Schwester Margarethe in dieser Zeit immer auf mich aufpassen musste, was sie weder gern noch gewissenhaft tat.

Wie mir heute klar ist, lebte ich zu diesem Zeitpunkt – zumindest phasenweise – schon in einer anderen Erfahrungswelt. So fuchtelte ich oftmals mit den Händen in der Luft und deutete auf etwas hin. Für Hedwig war das immer sehr beunruhigend, wenn sie das mitbekam. Ich deutete auf Wesen hin, die ich jetzt schon wahrzunehmen vermochte.

Ich sah meinen Engel und viele Verstorbene, die mir im Leben wichtig waren: Meine Großmutter, meine Eltern und meine Tochter Babsi. Sie winkten mir freundlich zu und schienen mich aufzufordern, zu ihnen zu kommen. Es war ein großes Glücksgefühl, und ich konnte es gar nicht erwarten, endlich zu ihnen zu gehen. Aber es war noch nicht soweit!

Eines Tages hörte ich ein sonderbares Geräusch, das ich nicht einordnen konnte. Kurz darauf sah ich meinen alten Freund Maximilian. Es machte den Eindruck, wie wenn er auf mich zukommen und mir etwas sagen wollte.

Wie ich heute weiß, war er unmittelbar zuvor durch einen tragischen Unfall zu Tode gekommen.

Schon seit Tagen bekam ich kaum noch etwas von dem mit, was in meinem Sterbezimmer um mich herum geschah. Nahrung hatte ich schon seit mehreren Tagen nicht mehr zu mir genommen. Hedwig flößte mir hin und wieder ein paar Tropfen Wasser ein, damit mein Mund nicht ganz austrocknete.

Meinem Erdenleben konnte ich nichts mehr abgewinnen. Auch war es mir nicht mehr möglich zu sprechen. Das, was Hedwig sagte, bekam ich noch ganz gut mit. Nur konnte ich darauf nicht mehr angemessen reagieren. Lediglich Entscheidungsfragen vermochte ich phasenweise noch durch ein Kopfnicken zu bejahen oder durch ein Kopfschütteln zu verneinen. Als sehr wohltuend empfand ich es, wenn Hedwig oder Paul an meinem Bett saßen und mir die Hand hielten.

Eines Abends schaute mal wieder der Arzt bei mir vorbei. Was er genau machte und sagte, bekam ich nicht mit, da ich wieder einmal meinen Fokus mehr auf die verstorbenen Seelen richtete, die mich schon sehnsüchtig erwarteten.

Allerdings konnte ich vernehmen, dass er beim Verabschieden Hedwig zuflüsterte:»Die Nacht wird Ihr Mann mit an Sicherheit grenzender Wahrscheinlichkeit nicht mehr überleben.«

Ich hatte am Vortag aber auch mitbekommen, dass Gotthold mit seiner Familie auf dem Weg an mein Sterbelager war, um sich von mir zu verabschieden. Er wollte am übernächsten Tage kommen.

Wie ich es gemacht habe, kann ich beim besten Willen nicht sagen, aber irgendwie habe ich wohl eine unterbewusste Kraft in mir aktiviert, so dass ich wirklich den übernächsten Tag noch erleben konnte.

Trotz meines erbärmlichen Zustandes war es mir eine unglaublich große Freude, meinen Sohn, seine liebe Frau und die reizende Babsi noch einmal zu sehen. Leider war es mir nicht mehr möglich, mit ihnen zu sprechen. Auch verstand ich nicht mehr so ganz, was sie mir sagten. Ich fühlte aber ihre Zuneigung mir gegenüber, die ich wie eine wärmende Sonne empfand.

Hedwig hielt meine linke, Gotthold meine rechte Hand, wie wenn sie diese nie mehr loslassen wollten. Die kleine Babsi streichelte mir die Wangen.

Jetzt konnte ich loslassen. Ich machte noch ein paar ganz tiefe Atemzüge, um sodann die Erdenwelt für lange, lange Zeit zu verlassen.

Aus der Sicht der Erdenwelt war Herr Johann Hanke ausgelöscht!

Und so lang du das nicht hast,

dieses Stirb und Werde,

bist du nur ein trüber Gast

auf der dunklen Erde.

Johann Wolfgang von Goethe

Mein Leben in den höheren Welten – seit 1912

Nun lebe ich schon seit über 100 Jahren in der Welt, die viele Menschen als »Jenseits« bezeichnen. Dieser Begriff ist allerdings höchstens insofern zutreffend, als diese Welt *jenseits* dessen liegt, was ein Durchschnittsmensch vermöge seiner Sinne wahrzunehmen in der Lage ist. Im Grunde ist er allerdings überhaupt nicht zutreffend, ja sogar irreführend, weil er suggeriert, dass sich diese Welt *fernab* der Erdenwelt, der Sinneswelt befände. Das ist ganz gewiss *nicht* der Fall! Sowohl die Erdenwelt als auch die Sphären, in denen sich die sogenannten Toten und auch alle höheren geistigen Wesen befinden, durchziehen, durchdringen sich vielmehr; sie sind miteinander verwoben. Sie durchdringen sich in etwa so, wie sich auf der Erde verschiedene Luftströmungen oder Flüssigkeiten durchdringen können. Man könnte auch sagen: Die Erdenwelt reicht in die Welt der Toten hinauf, und die Welt der Toten reicht in die Welt der Lebenden hinab.

Im Übrigen ist es eigentlich ein Unsinn, zwischen »Lebenden« und »Toten«, die zudem eigentlich viel lebendiger sind als die Menschen auf der Erde, zu differenzieren. Kein Mensch – unabhängig davon, in welcher Welt er lebt – ist tot! Er *lebt* lediglich auf einer anderen Daseinsstufe oder Bewusstseinsebene. Man sollte besser von »verkörperten Seelen« und »entkörperten« oder »leibfreien Seelen« sprechen. Da ein Mensch auch nach seinem Tod ein Mensch bleibt, könnte man die Verstorbenen auch »entkörperte Menschen« nennen.

Also wir, die entkörperten Seelen, sind somit gewissermaßen immer auf der Erde in der Nähe der sogenannten Lebenden, also der verkörperten Seelen. Wir sind eigentlich immer um die Lebenden herum. Wer weiß – vielleicht bin ich ja jetzt gerade ganz in *Ihrer* Nähe...

Man sollte für die Welten, in denen die leibfreien Seelen und die Engelwesenheiten weben und wesen, besser den Oberbegriff »höhere Welten« oder »übersinnliche Welten« wählen. Es gibt in der Tat nicht nur *eine* übersinnliche Welt. Man kann drei solcher Welten unterscheiden: Die »Ätherwelt«, die »Seelenwelt« bzw. »Astralwelt« und schließlich die »geistige Welt«. Letztere wird in den meisten Religionen als »Himmel« bezeichnet. In der Seelenwelt kann man noch sieben Regionen oder Sphären unterscheiden. In der geistigen Welt ist das genauso, wenngleich ich das noch nicht aus meiner eigenen Erfahrung heraus bestätigen kann, da ich erst seit kurzem in der geistigen Welt bin und somit hier noch längst nicht alles kennenlernen konnte.

Über mein letztes Erdenleben zu schildern hat mir keine Probleme bereitet. Schließlich kann man alles, was man auf der Erde wahrnehmen, erleben und erfahren kann, bestens vermöge einer Menschensprache ausdrücken. Auch für Sie war es gewiss nicht schwierig, meine Erzählung nachzuvollziehen, da wohl jeder Mensch schon einmal etwas Ähnliches erlebt oder gehört hat.

Aber alles, was ich nachdem ich die Pforte des Todes durchschritten hatte, wahrnehmen und erleben durfte, ist so radikal anders, so überraschend anders als alles, was ich von der Erdenwelt kannte. Es ist so anders, dass es schwer fällt, es in passende Worte einer menschlichen Sprache zu gießen. Aber ich will es versuchen; ich werde mich bemühen; ansonsten hätte ich ja mit meiner Erzählung gar nicht erst anzufangen brauchen.

Dass jetzt hier alles ganz anders ist, als ich das aus meinem letzten Erdenleben kannte und Sie es aus Ihrem jetzigen Leben kennen, kann man sich anhand einiger einfacher Überlegungen klarmachen.

Hier in den höheren Welten gibt es nichts Physisches, nichts Materielles mehr. Alle Wesen, die hier leben, haben weder einen physischen Körper noch physische Sinnesorgane. Auch das so vertraute Denken, das an das Instrument des physischen Gehirns gebunden ist, hat in den übersinnlichen Welten schon bald keine Berechtigung mehr. Spätestens in der geistigen Welt spielt der Begriff »Raum« keinerlei Rolle mehr. In Ihrer Welt, der Sinneswelt stellt der dreidimensionale Raum, in dem Sie sich bewegen, ein sicheres Bezugssystem dar, nach dem Sie es bestens gewohnt sind, sich zu orientieren und zurechtzufinden. Bedenken Sie, wie schwierig es für einen Erdenmenschen ist, irgendetwas vorzustellen, was sich nicht im Räumlichen abspielt! Auch der Begriff »Zeit« stimmt in höheren Welten nicht mit der Vorstellung überein, die man im Erdenleben damit verbindet. Im Grunde gibt es hier keine Zeit.

Ich weiß, dass ich nach irdischer Zeitrechnung schon seit über 100 Jahren in den höheren Welten bin. Aus meinem jetzigen Erleben und Empfinden heraus könnte ich jedoch nicht sagen, ob ich vielleicht erst vor wenigen Monaten oder womöglich sogar schon vor vielen Jahrhunderten gestorben bin.

Es befinden sich ja seit fast 200 Jahren sehr, sehr viele Menschen im Sumpf der finsteren materialistischen Weltanschauung, die alles Geistige für einen Unsinn und somit auch ein Leben nach dem Tod für eine Illusion halten.

Erfreulicherweise gehören Sie nicht dazu, denn sonst würden Sie gewiss dieses Buch nicht lesen.

Es gibt allerdings auch viele Menschen, die von einem Leben nach dem Tod überzeugt sind, sich darüber aber nie Gedanken machen. Immer wieder hörte ich zu meinen Lebzeiten Sprüche wie:»Wenn ich gestorben bin, werde ich schon sehen, wie es da so ist!«

Ich kann Ihnen versichern, dass das ein fataler Irrtum ist! Ein Mensch, der sich zu Lebzeiten gar nicht damit befasst hat, was ihn nach seinem Tod in den höheren Welten erwartet, der sich nie bemüht hat, spirituelle Erkenntnisse zu erwerben, der sich vielleicht nur mit den Floskeln, die er von dem einen oder anderen Pfarrer oder Spiritisten vernommen hat, begnügt, wird hier zunächst und auch noch für lange Zeit nichts verstehen! Er wird sich zwar seiner Existenz bewusst sein und auch gewisse Wahrnehmungen haben, aber das, was er wahrnimmt, wird er nicht verstehen und nicht einordnen können. Diese gewaltige Verunsicherung kann zu quälenden Angstzuständen führen. Immer wieder kann ich hier Verstorbene wahrnehmen, die insbesondere in der ersten Zeit nach ihrem Tod völlig desorientiert herumirren und nicht wissen, wo sie eigentlich sind und um was es hier geht.

Sie müssen sich ganz gewiss nicht vor dem, was Sie nach Ihrem Tod erwarten wird, fürchten. Gewiss werden Sie in Abhängigkeit davon, wie Sie Ihr Erdenleben gestaltet haben und welche Ansichten Sie über das nachtodliche Leben hatten, einige Erfahrungen machen müssen, die man als qualvoll bezeichnen könnte. Das musste ich auch, wie ich später noch schildern werde. Aber zum einen werden Sie dann erkennen, dass diese unangenehmen Erlebnisse für Sie förderlich und notwendig sind, und zum anderen werden diese schmerzlichen Erlebnisse aufgewogen durch die vielen erhabenen und großartigen Erfahrungen, die Sie machen werden.

Je länger Sie dann einmal in den höheren Welten sein werden, desto weiser und verständiger werden Sie sein. Dann können Ihnen beispielsweise auch die geistigen Hintergründe vieler Erlebnisse, die Sie in Ihrem Erdenleben hatten und nicht zu verstehen vermochten, klarwerden. Dann können Sie erkennen, dass es kein blinder Zufall war, der Sie in das eine oder andere Schicksal geführt hat, und dass sich hinter allem, was geschieht, ein Sinn verbirgt, den Sie, solange Sie im Erdendasein sind, nicht zu erkennen vermögen.

Bevor ich gleich beginnen möchte, Ihnen alles zu berichten, was ich bisher in den höheren Welten erfahren und erleben durfte, muss ich noch ein paar Anmerkungen vorausschicken.

Wie bereits erwähnt ist es sehr schwierig, alles in geeignete Worte einer Erdensprache zu kleiden, so dass ich manches vielleicht eher bildhaft oder in Form von Vergleichen schildern muss, weil hier einfach alles so radikal anders ist, als ich das aus meinem Erdenleben gewohnt war.

Dazu möchte ich ein Beispiel geben.

Wenn Sie auf der Erde mit einem anderen Menschen zusammenkommen und mit ihm kommunizieren, so werden Sie das beispielsweise so wahrnehmen und schildern:

Dann traf ich eine Person. Ich wusste natürlich sofort, dass es meine Mutter war und dass es sich um keinen anderen Menschen handelte. Ich sagte zu ihr:»Hallo Mutter, wie geht es dir?« Sie antwortete:»Danke, mir geht es gut.«

In den höheren Welten läuft das ganz anders.

Wenn sich mir hier eine Seele naht, so tritt sogleich das Bewusstsein auf, dass eine andere Seele bei mir ist. Es steigt eine Vision auf. Dann muss ich mir das Bild dieser Seele durch eine innere Aktivität erzeugen. Nur so kann ich wissen, um welche Seele es sich handelt. Ich muss mich also in eine rechte Beziehung zu der Vision versetzen, genau wie Sie auf der Erde in eine Beziehung zu einem anderen Menschen treten, indem Sie Ihre Augen und Ohren auf ihn richten. Ich muss dann ganz aktiv mithelfen, diese imaginative Erscheinung mitzuerzeugen. Erst durch diese Eigenaktivität, durch die ich mich mit dieser anderen Seele in Verbindung setze, steigt das Bild auf. Dann weiß ich sofort, um welche Seele – zum Beispiel meine Mutter – es sich handelt.

Natürlich bedarf es hier keiner Sprache. Das Innenleben, also die Gedanken und Gefühle, der anderen Seelen sind offen ausgebreitet und für mich unmittelbar wahrnehmbar. Genauso kann die andere Seele meine Gedanken und Gefühle erkennen, ohne dass diese etwa durch Worte einer Sprache verzerrt werden könnten. Das, was eine andere Seele erlebt, erfahre ich also nicht dadurch, dass sie mit mir spricht, dass sie mir etwas sagt, sondern dadurch, dass ich mich in die andere Seele hineinlebe und in ihrer Wesenheit ihre Gedanken miterlebe. Und diese Gedanken haben in den höheren Welten nichts Schattenhaftes oder Abstraktes. Sie sind vielmehr höchst real, höchst lebendig, ja es sind selbst Wesenheiten – Gedankenwesenheiten.

Wenn nun in einer Vision sofort und von selbst das Bild einer Seele auftaucht, ohne dass ich eine Aktivität entfalten musste, so weiß ich, dass es sich um die Seele eines noch verkörperten Menschen handelt. Eine solche Seele tritt in ähnlicher Weise in mein Blickfeld, wie ich das zu Lebzeiten gewohnt war.

Natürlich kann ich nicht das Physische sehen, denn dazu bräuchte ich physische Augen. Die Seelen der lebenden Menschen erscheinen in dem Bild, das ich mir im gemeinsamen irdischen Zusammenleben formen konnte. So habe ich allmählich unterscheiden gelernt, ob sich mir durch die Visionen ver- oder entkörperte Seelen nahen.

Nun erscheint mir noch eine Bemerkung wichtig zu sein: Um die folgenden Darstellungen verständlicher und leichter lesbar zu gestalten, werde ich einige Formulierungen wählen, die Ihnen aus Ihrem Leben auf der Erde geläufig sind, wenngleich diese in meiner Welt nicht ganz korrekt und somit nur *bildhaft* verstanden werden dürfen. Dazu möchte ich einige Beispiele anführen:

Wenn es um die Kommunikation mit anderen Wesen in den übersinnlichen Welten geht, werde ich diese manchmal in die Form eines Dialogs, eines Gesprächs kleiden. Wenn es also etwa heißt:»Er sagte«,»er antwortete« usw., so darf man das natürlich *nicht wörtlich* nehmen.

Auch Formulierungen wie etwa»eines Tages«,»schon bald«,»nach einiger Zeit« oder»kurze Zeit später« dürfen Sie *nicht wörtlich* nehmen, denn eine Zeitskala, eine zeitliche Einteilung gibt es in den höheren Welten nicht in der Form, wie Sie das aus Ihrem Erdenleben kennen.

Das Gleiche gilt für *vermeintlich* räumliche Angaben wie beispielsweise:»Dann betrat ich die Seelenwelt«. Hier müsste man vielleicht besser sagen:»Dann ging mir das Bewusstsein für die Seelenwelt auf.«

Mein letztes Erdenleben konnte ich natürlich chronologisch schildern, weil ein solches Leben immer mehr oder weniger linear verläuft, weil es im Erdensein so etwas wie eine Zeitachse gibt. Wenn man aus seinem Leben in den höheren Welten erzählen möchte, so lässt sich das nicht ganz so chronologisch machen. Hier gibt es keine Zeit, und sehr viele Geschehnisse verlaufen parallel bzw. ›gleichzeitig‹.

Außerdem geschieht in den höheren Welten immer so viel, dass man kaum alles darstellen kann. Es gibt hier kein Schlafen, kein Ruhen, kein Verweilen; es geschieht eigentlich immer mehr als man erfassen kann. Es ist wirklich ein Hohn, wenn es bei Beerdigungen immer heißt:»Ruhe in Frieden!« oder»Herr, gib ihm die ewige Ruhe!«

Nun möchte ich aber endlich damit beginnen, Ihnen alles zu erzählen, was ich bisher in den höheren Welten erlebt und erfahren habe, wie es mir dort bisher ergangen ist und welche Schlüsse ich aus meinem letzten Erdenleben ziehen konnte.

Nicht nur aus der Sicht der Erdenwelt war Herr Johann Hanke ausgelöscht. Diese *Persönlichkeit*, die genau 61 Jahre, vier Monate und dreizehn Tage auf der Erde gelebt hatte, wird es nie wieder geben!

Aber diese Persönlichkeit war ja nur wie ein Mosaiksteinchen in dem großen Mosaik meiner ewigen *Individualität*, wie eine Seite im Buche meines unsterblichen Ichs.

Nun hatte ich also die Pforte des Todes durchschritten. Ich war jetzt ganz in der ersten derjenigen Welten angekommen, die jenseits von allem liegen, was ein durchschnittlicher, nichthellsichtiger Erdenmensch vermöge seiner Sinne wahrnehmen und mit seinem Verstand nur schwer begreifen kann. Ich war jetzt in der Welt, die Rudolf Steiner Ätherwelt nannte. Dieser Welt gehörte ich durch meinen Ätherleib immer schon an. Allerdings hatte das zu Lebzeiten meine Bewusstseinsschwelle nicht überschritten. Auch Ihnen wird es vermutlich nicht bewusst sein, dass Sie vermöge Ihres Ätherleibes schon heute in dieser Welt sind.

Die Fülle all dessen, was ich schon in den ersten Augenblicken, in den – um in irdischen Zeiteinheiten zu sprechen – ersten Minuten, vielleicht auch Stunden wahrnehmen, erleben und empfinden konnte, kann ich einem sogenannten Lebenden höchstens ansatzweise klarmachen. Ich kann es auch nur sehr schwer schildern, da einfach so unfassbar viel geschah.

Das erste, was ich wahrnahm, war eine unglaubliche Helligkeit, eine unfassbare Lichtesfülle. Wenn Sie sich einen Moment lang vorstellen, Sie hätten längere Zeit in einer finsteren Höhle verbracht und kämen dann wieder ans Tageslicht und würden in die Mittagssonne schauen, so ist das immer noch nur ein äußerst schwacher Vergleich zu der Helligkeit, die ich nun überall um mich hatte.

Zunächst dachte ich, es wäre eine von außen kommende Helligkeit, ein ganz warmes, sonnenklares, überhelles Licht. Das mag auch so gewesen sein.

Aber der wesentliche Grund für dieses Helligkeitsempfinden war wohl mein Bewusstsein, das jetzt so unfassbar klar und hell war, wie es im Erdenleben niemals der Fall war. Ich fühlte mich wie geblendet von dem alles überstrahlenden Bewusstseinslicht, das überall herzukommen schien und mich jetzt erhellte und durchlichtete. Ein solch helles, lichtes und klares Bewusstsein hätte ich zu Lebzeiten nicht für möglich gehalten. Manchmal waren diese Lichtesfülle und die Weisheit, die alles durchfluteten, so überwältigend, dass es mich regelrecht überforderte. Ich hatte dann immer das Gefühl, dass mein Bewusstsein für kurze Zeit ein wenig herabgedämpft wurde, damit ich mich nach und nach dieser Helligkeit und Weisheit anpassen konnte. Dieses Herabdämpfen des Bewusstseins, das man keineswegs mit Schlafen verwechseln darf, war für mich auch später immer wieder einmal – meistens nur für sehr kurze Phasen – vonnöten.

Dann fühlte ich mich sogleich umringt von lauter Seelen. Ich bemerkte und spürte, dass viele Seelen um mich herum, in meiner Nähe waren. Die meisten kannte ich nicht. Aber schon bald konnte ich zwei Gruppen von Wesenheiten ganz deutlich unterscheiden.

Zum einen waren es mein persönlicher Engel, den man auch Schutzengel nennen kann, und weitere Engelwesen. Ihre Strahlkraft war deutlich höher als die der anderen Wesen. Auch diese Strahlkraft war ein Grund für die Helligkeit, die alles durchflutete. Eines dieser Wesen überragte alle anderen bei weitem. Seine Erhabenheit und Leuchtkraft, die mich völlig ergriff, kann ich mit Worten nicht schildern. Allerdings vermochte ich zu diesem Zeitpunkt noch nicht zu erkennen, wer dieses Wesen war.

Zum anderen waren es Seelen leibfreier Menschen aus dem Umfeld meines letzten Erdenlebens. Einige von ihnen konnte ich relativ schnell identifizieren: Meine Eltern, meine Großmutter, meine Tochter Babsi und mein Jugendfreund Maximilian. Alle schienen sich sehr zu freuen, mich nun in ihrer Welt begrüßen zu können. Wenn ich es mit irdischen Worten ausdrücken wollte, müsste ich sagen, sie umarmten und küssten mich.

Es war ein lichtvoller geistiger Festakt, eine erhabene Feierstunde, in der mich die Engelwesen und die entkörperten Menschenseelen in Empfang nahmen und willkommen hießen. Alle Wesen waren mir in tiefster Liebe zugetan.

Mein Schutzengel, den ich jetzt erstmals bewusst wahrzunehmen vermochte, hatte mich ja schon mein ganzes Erdenleben hindurch begleitet. Nur hatte diese Tatsache nie die Schwelle meines Bewusstseins überschritten. Allenfalls keimte hin und wieder eine zarte Ahnung auf, dass ich nicht alleine war.

Auch in den höheren Welten war und ist mein persönlicher Engel immer an meiner Seite. Er ist immer bereit, mich zu unterstützen, zu führen und zu leiten.

Es dauerte dann ein wenig, bis ich diese erste Fülle an Wahrnehmungen und Erlebnissen verarbeitet und verkraftet hatte. Aber es währte gar nicht einmal so lange, bis mir klar wurde, dass *ich* es war, ich, der sich noch vor wenigen Augenblicken als auf der Erde lebender Johann Hanke identifiziert hatte, der jetzt alle diese unglaublichen Wahrnehmungen haben durfte. Jetzt konnte ich erkennen, dass ich nicht eines physischen Körpers bedarf, um ein Bewusstsein meiner selbst zu haben. Es stieg in mir schon recht bald die großartige Empfindung auf: »Ich benötige keinen physischen Körper, um existieren zu können! Ich bedarf keiner materiellen Umgebung, um einen Halt zu haben! Ich bin *wieder* in meiner wahren Heimat angekommen!«

Ich hatte sofort den Eindruck, jetzt in einem ganz anderen Verhältnis zur Welt zu stehen, als es in meinem Erdenleben der Fall war. Ich hatte das Empfinden, wie wenn die Erde sich unter mir wegbewegen würde.

Was ich dann erlebte, ist einem Erdenmenschen besonders schwer verständlich zu machen. Ich hatte das Gefühl – und es war nicht nur ein Gefühl – wie wenn ich wachsen würde. Mein Ätherleib, ja meine ganze Wesenheit dehnte sich in alle Richtungen sphärisch immer mehr aus, sie wurde größer und größer. Als ich noch auf der Erde weilte, fühlte ich mich in den Grenzen meiner Haut abgeschlossen. Ich fühlte mich als ein eng begrenztes Wesen, als einen winzigen Punkt im riesigen Universum, dem die umgebende schier unendliche Welt wie eine Außenwelt erschien. Aber das kennen Sie ja.

Nun musste ich eine radikal umgekehrte Erfahrung machen: Dadurch, dass ich immer größer wurde, wurde diese Außenwelt immer mehr zu meiner Innenwelt! Meine Innenwelt wurde zur Außenwelt! Ich schaute auf meine Gedanken, Gefühle, Erinnerungen und Vorstellungen in etwa so, wie ich im Erdenleben auf andere Wesen und Dinge aus meiner Umwelt, aus meiner Umgebung geschaut hatte.

Mein Wesen begann, sich über alles zu ergießen, was außerhalb meiner war. Ich tauchte gleichsam in die Dinge unter und fühlte mich eins mit ihnen.

Dadurch, dass ich mich immer weiter ausdehnte, dass ich immer größer wurde, erfüllte ich schon bald einen sehr großen Teil der Welt. Es gab jedoch eine Ausnahme: Ein ganz kleiner Teil blieb für meine Anschauung immer leer, immer unbesetzt. Das ist derjenige Raum, den ich beim Verlassen der Erdenwelt mit meinem physischen Körper ausgefüllt hatte. Auf diese Leere kann ich immer wieder schauen. Dadurch entsteht ein mächtiges inneres Erlebnis: »Ich war ein wichtiger Baustein in der Welt! Diesen Platz kann kein anderer ausfüllen. Ohne mich wäre die Welt nicht das, was sie ist. Mein Erdenleben war von größtem Nutzen.«

Dann war es mir auch jederzeit möglich, auf den Moment meines Todes zu blicken. Ich musste dazu eine gewisse Kraft aufbringen, um voll bewusst auf diesen Augenblick zu schauen, damit er mir wie etwas Reales deutlich werden konnte. Aus der Sicht der höheren Welten hat der Tod nichts Grauenvolles und Schreckliches. Von dieser Seite aus betrachtet, wurde mir klar, dass mein Geist, mein Ich, den Sieg über die Materie davongetragen hatte. Dieses Anschauen meines Todes war auch sehr wichtig, damit sich mein Ich-Bewusstsein mehr und mehr entzünden konnte, damit ich mich auch weiterhin als eine eigenständige Wesenheit, als ein Ich-bin, begreifen und erleben konnte.

Es besteht nach dem Tod wirklich die Gefahr, dass man sein Ich nicht recht finden kann, dass man sich quasi verliert. Es ist von außerordentlicher Bedeutung, dass es einem Verstorbenen gelingt, ein Bewusstsein seiner selbst zu gewinnen und zu bewahren.

Schon ganz kurze Zeit, nachdem ich die erste übersinnliche Welt, die Ätherwelt, betreten hatte, kam es zu einem weiteren unfassbar großartigen Erlebnis. Natürlich dürfen Sie – wie ja bereits erwähnt – die Formulierung »Nachdem ich die Ätherwelt betreten hatte« nicht wörtlich nehmen. Sie ist bildlich gemeint. Richtiger müsste ich eigentlich sagen: Nachdem ich das Bewusstsein für die Ätherwelt gewonnen hatte.

Ja, was war das für ein Erlebnis?

Schon kurz vor meinem Tod hatte sich mein Ätherleib ein wenig aus der physischen Organisation gelöst, wodurch – wie ich ja geschildert habe – längst vergessene Erinnerungen aus meiner Kindheit frei wurden. Nun hat sich im Augenblick des Todes mein Ätherleib vollständig und endgültig von meinem physischen Körper, den er als Leichnam zurückgelassen hat, getrennt. Er dehnte sich immer weiter im Kosmos aus. Dadurch wurden die Erinnerungen an mein letztes Erdenleben durch nichts Physisches mehr eingeschränkt. So konnte es zu einem gewaltigen Erleben kommen:

Auf einen Schlag tauchten *sämtliche* Bilder meiner letzten Inkarnation, also mein *komplettes* verflossenes Erdenleben, in einem riesigen Panorama vor meinem Seelenauge auf.

Diese schier unzählbaren Bilder des Lebenspanoramas umfassten alles, wirklich alles, was ich in meinem abgelaufenen Erdenleben erlebt oder auch nur gedacht oder vorgestellt hatte. Auch konnte ich jetzt jedes Gespräch wieder hören, das ich jemals mit einem Mitmenschen geführt hatte. Es war wirklich alles auf einmal, gleichzeitig da, nicht erst in einer bestimmten Reihenfolge. Es war ein unfassbares Erlebnis, jetzt alle diese Einzelheiten, die ich zum allergrößten Teil zu Lebzeiten gar nicht mehr erinnert hätte, zu sehen und zu hören. Auch die Bilder solcher Erlebnisse, die nie die Bewusstseinsschwelle überschritten hatten, waren in diesem Tableau einverwoben.

Alles erschien mir so klar, so lebendig, als wären es keine Erinnerungen, sondern etwas, was ich gerade frisch erlebte. Die schier unendlich vielen Bilder meines Lebens wurden zu meiner Welt. Sie umgaben mich in etwa so, wie mich im Erdenleben Berge, Wälder, Sonne, Mond, Sterne, Menschen, Tiere und Pflanzen umgeben hatten.

Nach irdischen Maßstäben hätte es viele Monate, vielleicht sogar Jahre gedauert, um auch nur einen flüchtigen Blick auf alle diese Bilder zu werfen. Aber ich weiß, dass es nur etwa drei Tage gedauert hat!

Diese Lebensrückschau war keineswegs von Gefühlen oder Empfindungen durchzogen. Vielmehr konnte ich mich ihr ganz passiv hingeben und sie mit der Distanz eines neutralen Beobachters betrachten.

Dennoch war es so, dass einige Bilder meine Aufmerksamkeit mehr in Anspruch nahmen als die meisten anderen. So blieb mein Blick etwa lange an der Szene haften, als ich das junge Fräulein in der Universitätsbibliothek sah, das ich mich nicht anzusprechen traute. Auch auf meine absurde Tat, mir einen Ziegelstein auf den Fuß zu werfen, sowie auf den Moment, als ich mir das Leben nehmen wollte, schaute ich länger als auf die meisten anderen Szenarien.

Bei allen Szenen, auf die ich meinen Seelenblick schweifen ließ, hatte ich das Gefühl, als wollte mein Engel mich fragen: »Was hast du aus deinem Leben gemacht? Wie hast du es genutzt? Hast du alles erfahren, was du erfahren solltest?« Diese Fragen hatten aber keinen drohenden Charakter, vielmehr ging von ihnen eine tiefe Liebe aus.

Dann konnte mein Astralleib die Verbindung mit dem Ätherleib nicht mehr aufrechterhalten. Die Bilder meines Lebens wurden schwächer und schwächer, bis sie schließlich ganz verschwanden. Mein Ätherleib wurde dem Kosmos übergeben, er wurde in ihn hineinverwoben. Er blieb aber weiterhin für mich immer sichtbar. Ich kann auf ihn immer etwa so schauen, wie ich zu Lebzeiten auf das Firmament schauen konnte. Nur ein ganz kleiner Teil meines Ätherleibes, ein Extrakt blieb bei mir. Dieser Extrakt stellt gewissermaßen die Früchte meines Lebens dar. Ihn konnte ich auf meinem weiteren Weg mitnehmen.

Diese Lebensrückschau nahm meine Aufmerksamkeit derart in Beschlag, dass ich meinen Fokus in diesen ersten Tagen noch nicht intensiv auf andere Seelen richten konnte.

Dann bekam ich mit, dass auf der Erde mein Begräbnis stattfand. Mein Schwager Paul und mein Kollege Fitzke hatten meinen Wunsch erfüllt. Paul hielt eine sehr stimmige Trauerrede, in der es ihm gelang, den roten Faden meines Lebens deutlich zu machen. Auch versäumte er es nicht, von meinen vielen Schwächen zu berichten. Es ist für einen Verstorbenen nicht so einfach, die Worte, die auf der Erde gesprochen werden, mitzubekommen. Da Paul aber jeden Satz mit innigen

Gedanken und Gefühlen durchpulste, fiel es mir recht leicht, alles zu verstehen. Herr Fitzke zitierte noch zwei Sprüche, die Rudolf Steiner für Verstorbene gegeben hatte, und sprach das Vaterunser.

Wie viele Menschen meiner Beisetzung beiwohnten, kann ich nicht sagen. Ich konnte nur diejenigen Gedanken und Gefühle wahrnehmen, die eine spirituelle Färbung hatten oder die sich ganz unmittelbar auf mich bezogen.

So gesehen waren entweder nur sehr wenige Menschen dabei, oder die meisten hatten etwas völlig anderes im Kopf.

Anschließend wurde mein Bewusstsein wieder ein wenig herabgedämpft. Es dauerte dann einige Zeit, bis es langsam und allmählich so aufleuchtete, so vollständig vorhanden war, dass ich die höhere Welt wirklich voll und ganz real um mich hatte.

Aber auch in dieser Phase – nach irdischer Zeitrechnung kann man vielleicht von Monaten sprechen – war es gewiss nicht so, dass ich gar nichts wahrgenommen hätte oder gar schlief. Ich konnte durchaus auch jetzt schon bestimmte Erlebnisse haben und bestimmte Erfahrungen machen.

Kurz nachdem die Bilder meines Lebenspanoramas abgeflutet waren, hatte ich ein überaus bedeutsames Erlebnis: Eine geistige Gestalt trat mir gegenüber, die mir eine Art Buch – oder besser gesagt – eine Tafel zeigte.

Ich wusste sofort, um was es sich handelte: Diese Tafel war so etwas wie mein ›karmisches Kontobuch‹. Auf der einen Seite waren alle schönen, guten und konstruktiven, auf der anderen alle hässlichen, bösen und destruktiven Taten, die ich in meinem Leben begangen hatte, notiert. Wie ich aus den Darstellungen Rudolf Steiners wusste, handelte es sich bei der Wesenheit, die mir die Tafel vorhielt, um Moses. Ich glaube, dass ich ihn aber auch so erkannt hätte.

Dies war keineswegs ein bildlicher, sondern ein höchst realer Vorgang.

Dieses Erlebnis war nichts anderes als das, was die katholische Kirche als »Besonderes Gericht« bezeichnet. Nur zu gut erinnerte ich mich daran, was die Pfarrer dazu immer gesagt hatten, wie sie mit diesem Gericht immer gedroht hatten. Nach kirchlicher Lehrmeinung werden in diesem Gericht die Seelen in drei Klassen eingeteilt:

Die Guten kommen in den Himmel, die Bösen für alle Zeiten in die Hölle und diejenigen, die sich in der Grauzone zwischen Gut und Böse befinden, kommen für geraume Zeit ins Fegefeuer.

Das, was ich jetzt ganz real erlebte, hatte mit dem, was die Kirchen sagen, absolut nichts zu tun!

Moses, der ganz offensichtlich alles über mich wusste, verurteilte mich in keiner Weise! Er zeigte mir vielmehr urbildlich, dass ich mich in meinem abgelaufenen Leben nicht immer im Sinne der göttlichen Weltenordnung verhalten hatte.

Die eigentliche Bewertung und Beurteilung meiner Taten durfte ich dann sehr viel später weitgehend *selbst* vornehmen, wobei mich mein Schutzengel sowie andere Engelwesenheiten maßgeblich unterstützten. Im Grunde werden die Verstorbenen später selbst zu ihren eigenen Anklägern und Richtern.

Von nun an, nachdem ich diese großartigen Erfahrungen haben durfte, konnte ich meinen Seelenblick auch immer öfter auf andere Seelen richten.

Dabei traten nun auch einige Wahrnehmungen und Erlebnisse an mich heran, die mich zutiefst bedrückten.

Die Seelen sehr vieler Verstorbener kamen ganz offensichtlich mit ihrem Leben in den höheren Welten nicht zurecht. Zu ihren Lebzeiten hielten sie geistige Welten und ein Leben nach dem Tod für einen Unsinn. Jetzt schienen diese Seelen gar nicht zu wissen, dass sie gestorben waren. Sie wussten nicht, wo sie sich jetzt befanden und um was es geht. Diese Seelen wollten mit ihrer jetzigen Daseinsform nichts zu tun haben. Sie irrten ziel- und planlos umher und schienen von quälender Furcht getrieben. Sie suchten gewissermaßen sich selbst, sie suchten nach ihrem Ich. Sie wähnten sich in einem finsteren Bereich, aus dem es kein Entrinnen zu geben schien. Diese Seelen waren wirklich höchst bedauernswert, sie machten einen äußerst jämmerlichen und bemitleidenswerten Eindruck.

Unter diesen getriebenen Seelen erkannte ich auch Günter, meinen früheren Kommilitonen. Er war schon ein Jahr vor mir gestorben und hatte es immer noch nicht verstanden, sich ein wenig einzuleben. Als er noch auf der Erde wandelte, hatte er stets ein Leben nach dem Tod für ein Hirngespinst gehalten und sich somit auch nie Gedanken darüber gemacht. Jetzt, nachdem er dieses Leben angetreten hatte, kam er nicht damit zu Rande. Immer wieder hielt er sich in der Nähe der Erdenwelt auf und versuchte, sich mit seinen Hinterbliebenen zu verbinden. Er wollte dem Leben in der Welt, in der er jetzt war, fliehen.

Auch auf mich kam er häufig hilfesuchend zu. Aber für einen Verstorbenen ist es schwierig, einer anderen entkörperten Seele Unterstützung angedeihen zu lassen. Insbesondere ist es nach dem Tod nahezu unmöglich, einer Seele ein spirituelles Wissen zu vermitteln, wenn sie dieses in ihrem Erdenleben verschmäht hat.

Dann konnte ich auch meinen früheren Pfarrer, Herrn Kaufhold, wahrnehmen. Obwohl er schon seit mehr als zehn Jahren in den übersinnlichen Welten weilte, fiel es ihm ebenfalls ziemlich schwer, sich nach seinem Tod zurechtzufinden, da er gemäß den Lehren seiner Kirche völlig falsche Vorstellungen über das nachtodliche Leben ausgebildet hatte, weil er sich zu sehr von den kirchlichen Dogmen entmündigen ließ, anstatt sich eigene Erkenntnisse zu erwerben. Er erinnerte mich an einen sehbehinderten Menschen, der sich mühsam durch einen Nebel durchzutasten versucht.

Meine Eltern, mit denen ich jetzt immer wieder zusammen sein konnte, gaben mir zu verstehen, dass auch sie eine ganze Weile gebraucht hätten, um sich einzuleben. Meine Mutter sagte, wobei »sagte« – wie Sie ja schon wissen – nicht wörtlich zu nehmen ist:»Ich bin froh, dass ich immer an ein Leben nach dem Tod geglaubt habe. So sind mir viele Angstzustände erspart geblieben. Ich hatte aber zum Teil völlig falsche Vorstellungen. So glaubte ich immer, dass ein guter Christ sofort nach dem Tod zu Gott käme. Lange Zeit habe ich nach Gott gesucht. Da ich ihn nicht gefunden hatte, dachte ich, ich wäre doch kein guter Christenmensch gewesen. Aber dann, als ich die Engelwesenheiten nach und nach kennenlernen durfte, wurde mir klar, dass diese viel, viel großartiger, erhabener, mächtiger und verehrungswürdiger sind, als es Gott in meinen Vorstellungen war.«

Mein Vater berichtete mir:»Unmittelbar nachdem ich die Pforte des Todes durchschritten hatte, wurde ich von der Mutter Gottes in Empfang genommen. Sie hat mir den Übergang sehr erleichtert und mir geholfen, mich einzugewöhnen.«

Ich war mir aber sicher, dass es nicht Maria, die Mutter Jesu, sondern sein Schutzengel war. Mein Vater hatte zu Lebzeiten immer geglaubt, in der Sterbestunde der sogenannten Gottesmutter zu begegnen, um deren Beistand er häufig gebetet hatte. Solche Vorstellungen nimmt ein Mensch dann mit durch die Todespforte.

Eine besondere Freude war es für mich natürlich, jetzt wieder mit Maximilian und insbesondere mit meiner Tochter Babsi zusammen zu sein. Maximilian konnte ich recht leicht finden. Babsi war aber schon in der geistigen Welt und hatte somit bereits einen viel größeren Bewusstseinsradius. Ich glaube, dass es eher sie war, die mich gefunden hatte und an mich herangetreten war. Jedenfalls konnte ich sie dann sofort erkennen.

Ich wusste unmittelbar, welche Seele bei mir war. Die beiden freuten sich über alle Maßen, dass wir nun vereint waren. Babsi sagte:»Ich war, als du noch auf der Erde weiltest, so oft ganz in deiner Nähe. Aber du hast es leider meistens nicht bemerkt.« Ich musste ihr recht geben. Meine Großmutter und meine Eltern sagten mir sinngemäß das Gleiche. Dann gab Babsi mir zu verstehen:»Ich kann hier nicht mehr lange bleiben. Wenn man schon als Kind oder Jugendlicher stirbt, muss man die Sphären der Seelenwelt nicht oder nur kurz durchlaufen. Man kommt dann schon bald in die geistige Welt. Dort holt man sich das Rüstzeug für das nächste Erdenleben. Bei mir ist es jetzt bald wieder an der Zeit, mich zu inkarnieren. Aber sei nicht traurig, du wirst mich ja nicht verlieren!«

Sie dürfen im Übrigen nicht glauben, dass das Leben in den höheren Welten einen schattenhaften, irrealen oder nebulösen Charakter hätte. Vielmehr ist das Gegenteil der Fall. Wenn Sie an Ihre Träume denken, so sind doch diese Traumbilder viel schwächer als das, was Sie im Wachzustand in der Realität wahrnehmen und erleben. In ähnlicher Weise ist das, was man im Erdenleben an Wahrnehmungen und Erlebnissen haben kann, ungleich schwächer als alles, was ich hier im Nachtodlichen wahrnehmen und erleben kann.

Hier ist alles sehr viel realer und wirklichkeits-gesättigter als alles, was ich in meinem Erdenleben erfahren konnte. Auch mit den Seelen der anderen Verstorbenen fühlte ich mich jetzt viel inniger verbunden, als das zu Lebzeiten jemals der Fall sein konnte. Manchmal dachte ich:»Vielleicht war mein ganzes Erdenleben ja nur ein Traum!«

Da sich die Wesenheiten der leibfreien Seelen bereits kurz nach dem Übergang in die Seelenwelt immer mehr in den Kosmos ausbreiten, liegt es auf der Hand, dass unzählige Seelen ganz nahe beieinander sind, sich gewissermaßen gegenseitig durchdringen. Aus der Tatsache, dass sich die Wesen gegenseitig durchdringen, folgt aber *nicht* zwangsläufig, dass sie sich auch untereinander wahrnehmen und ein Beisammensein pflegen können. Es ist durchaus möglich, dass zwei Seelen gar nichts voneinander wissen, obwohl sie ganz nahe beieinander sind. Inwieweit diese sich vereint fühlen können, hängt nicht von äußeren, sondern von inneren Verhältnissen ab.

In der ersten Zeit nach meinem Tod konnte ich im Wesentlichen nur mit solchen entkörperten Seelen ein Zusammensein pflegen, die mir im Erdenleben sehr nahe standen, mit denen ich also karmisch auf das Engste verbunden bin.

Langsam fragte ich mich, warum ich meine Schwester Babsi noch nicht getroffen hatte.

Erst etwas später wurde mir klar, dass sie schon ihr nächstes Erdenleben angetreten hatte. Wie meine Tochter mir sagte, dauert es ja bei Menschen, die schon sehr jung gestorben sind, oft nur ein paar Jahrzehnte, bis sie sich wieder inkarnieren.

Meine Schwester lebte jetzt als zweijähriger Ole Erikson im hohen Norden Europas.

Da ein Kleinkind noch sehr stark unter der Führung seines Engels steht und noch eine enge Verbindung zur geistigen Welt hat, fiel es mir nicht schwer, ihr neues Leben ein wenig mitverfolgen zu können.

Dann versuchte ich erstmals ganz gezielt, den Fokus auf einige der Menschen zu lenken, die ich auf der Erde zurückgelassen hatte.

Das war im Grunde recht einfach: Ich musste nur mein Bewusstsein auf eine bestimmte verkörperte Seele lenken; dann konnte ich sie meistens finden. Natürlich konnte ich jetzt nicht mehr ihren physischen Leib sehen, denn dazu hätte ich noch meine physischen Augen benötigt. Sie erschien mir jetzt in dem Bild, das ich mir im Erdenleben von ihr gemacht hatte. Diese heraufziehenden Imaginationen bzw. Visionen waren ungleich kräftiger, satter und lebendiger als irgendwelche Bilder, die im Erdenleben durch den Prozess der Erinnerung auf-steigen.

Das Prinzip ist in der Tat nicht schwierig, nur ist es nicht immer einfach, auf diese Art einen bestimmten Menschen auch wirklich zu finden. Bei meinem Sohn und bei meiner Schwester Margarethe gelang mir das fast gar nicht. Das Problem ist, dass man nur solche Erdenmenschen wahrnehmen und in gewisser Weise mit ihnen leben kann, wenn sie – zumindest hin und wieder – spirituelle Gedanken bewegen. Gedanken, die sich nur auf Alltägliches, nur auf Sinnliches beziehen, sind für leibfreie Seelen nicht oder nur äußerst schemenhaft wahrnehmbar. So bekam ich von meinem Sohn nur mit, dass er wegen meines Todes traurig war. Ansonsten war er für mich zunächst nicht existent.

Auch bei meiner Hedwig war das nicht viel anders. Was ich sehr deutlich erlebte, war die tiefe Trauer in ihrer Seele, die ihr mein Tod bereitet hatte. Es war nicht schön, ja sogar recht belastend, diese Trauer miterleben zu müssen. Gerne hätte ich sie getröstet, aber das ist nicht so einfach. Ich dachte:»Wenn sie nur wüsste, wie großartig und erhaben hier alles ist, dann könnte sie sich mit mir freuen!«Als sehr wohltuend empfand ich allerdings die Gebete, die sie immer wieder für mich sprach.

Es stimmte mich sehr traurig, dass ich an dem Leben Hed-wigs und Gottholds nicht intensiv teilhaben konnte.

Völlig anders war es, wenn ich mich auf Paul oder Kollege Fitzke einstimmte. Sie beschäftigten sich nach wie vor sehr intensiv mit der Geisteswissenschaft Rudolf Steiners. An die-sen Gedanken konnte ich ganz intensiv teilhaben. Es war mir immer eine große Labsal. Insbesondere diejenigen spirituellen Gedanken, die sie abends vor dem Einschlafen bewegten, wa-ren für mich und für viele andere leibfreie Seelen so etwas wie eine ›geistige Nahrung‹.

Etwas später war es mir sogar möglich, auch die spirituellen Gedanken wahrzunehmen, die Erdenmenschen, die mir gar nicht persönlich bekannt waren, hegten.

Eines Tages nahte sich mir die Seele eines entkörperten Menschen, bei der es mir sehr schwer fiel zu erkennen, um wen es sich handelte. Ich musste eine gewaltige innere Aktivität aufbringen, um mir das Bild dieser Seele zu erzeugen. Doch dann wurde mir plötzlich blitzartig bewusst, wer vor mir stand: Es war meine heimliche Jugendliebe, die ich Ursula nannte, die, obwohl wir nie zusammenkamen, immer wieder in meinen Gedanken und Träumen eine Rolle spielte. Sie war schon vor einigen Jahrzehnten gestorben. Es war eine große Freude, sie jetzt zu treffen! Allerdings fiel es uns schwer, miteinander zu kommunizieren. Ich glaubte in ihr eine gewisse Traurigkeit zu erkennen, die eine Folge unserer unerfüllten Liebe und ihres unerfüllten Schicksals war.

In mir stieg sofort die Empfindung auf:»Wer weiß, wie völlig anders mein Leben verlaufen wäre, wenn ich damals den Mut gefunden hätte, sie anzusprechen.« Erst viel später wurde mir bewusst, wie viel davon abhängig ist, welche Entscheidungen man in gewissen Situationen seines Erdenlebens trifft, wie anders ein Leben verlaufen würde, je nachdem, ob man diese oder jene Entscheidung fällt. Das, was man letztlich tatsächlich erlebt, ist nur ein Bruchteil dessen, was man *hätte* erleben können!

Obwohl es erst kurze Zeit her war, dass ich die Erdenwelt verlassen hatte, erschien es mir so, als wäre ich schon seit langer, langer Zeit in der übersinnlichen Welt. Das lag ganz einfach daran, dass die Fülle, Dichte und Vielfalt der Erlebnisse, die ich schon haben durfte, so gigantisch waren.

Nun ging mir langsam das Bewusstsein für eine neue Daseinsebene auf. Ich befand mich jetzt in der sogenannten Seelenwelt oder Astralwelt. In dieser Welt, der Sie und ich dadurch, dass wir einen Astralleib tragen, schon immer angehörten, kann man sieben Regionen oder Sphären unterscheiden. Die ersten vier dieser Regionen fasste Rudolf Steiner mit dem Sanskritwort »Kamaloka« zusammen, was wörtlich übersetzt »Ort des Verlangens« bedeutet. Das Kamaloka ist nichts anderes als das, was die katholische Kirche »Fegefeuer« nennt.

Meine geistig-seelische Wesenheit dehnte sich nun langsam sphärisch immer weiter aus, so weit, bis sie nach geraumer Zeit schließlich den kugelförmigen Raum ausfüllte, der sich durch die Umlaufbahn des Mondes um die Erde als äußere Grenze ergibt. Für mich entstand der Eindruck, wie wenn der Erdenkörper bis dahin erweitert wäre, wo der Mond die Erde umkreist. Es war mir jederzeit möglich, mein Bewusstsein auf jeden Punkt dieses riesigen kugelförmigen Raumes einschließlich der Erdenwelt zu richten.

In der Seelenwelt, in der ich nun für sehr, sehr lange Zeit weilte, ist von dem Mineral- und Pflanzenreich nichts mehr vorhanden. Das Unterste, was ich hier vorfinden konnte, ist das Seelische, das Astralische der Tiere. Natürlich befinden sich hier *nicht* die einzelnen Tiere, aber eben das Astralische der gesamten Tierwelt. Dann kommt schon das Seelische der Menschen und der höheren Wesenheiten in Betracht. Es gibt in der Seelenwelt nichts, was nicht selbst seelischer Natur wäre.

Das hatte für mich und alle anderen entkörperten Menschen eine ganz ungewohnte Konsequenz! Die Folge war, dass ich jetzt *absolut nichts* mehr tun konnte, was in meiner Umgebung nicht sofort und ganz unmittelbar Freude, Lust, Schmerzen, Leid usw. auslöste. Ich hätte – bildlich gesprochen – jetzt nicht einmal mehr einen Finger krümmen können, ohne dass andere Seelenwesen dadurch Sympathien oder Antipathien, Freude oder Schmerz empfunden hätten. Ich musste mich daran gewöhnen, dass alles, was ich nun machte oder dachte, auf eine ganz ungewohnte Resonanz stieß. Diese Resonanz ist so etwas wie ein Korrektiv, das mir half, mich in die neuen Verhältnisse einzugewöhnen und mich ihnen anzupassen.

In der Seelenwelt kam ich dann auch immer wieder mit gewissen Engelwesenheiten in Berührung. In der christlichen Tradition spricht man ja seit fast 2000 Jahren von den neun »Engelchören« oder »Engelreichen«. Diese hohen geistig-göttlichen Wesen, die man durchaus auch als »Götter« bezeichnen kann, sind insbesondere auch für einen Menschen nach dem Tod von größter Bedeutung. Je höher das Reich bzw. die Stufe, auf der sie stehen, ist, desto weiser und mächtiger sind sie. Sie helfen insbesondere ganz entscheidend dabei, das abgelegte Erdenleben zu verarbeiten und das Karma sowie die Leiblichkeit für die nächste Inkarnation zu veranlagen.

Im Christentum sind sie unter folgenden Namen bekannt: »Engel« (1. Reich), »Erzengel« (2. Reich), »Urbeginne« (3. Reich), »Gewalten« (4. Reich), »Mächte« (5. Reich), »Herrschaften« (6. Reich), »Throne« (7. Reich), »Cherubim« (8. Reich) und »Seraphim« (9. Reich).

Es fiel mir nicht immer ganz leicht, diese Wesen als solche zu erkennen und mich zu ihnen in eine rechte Beziehung zu setzen. Da ich mich zu meinen Lebzeiten schon ein wenig mit diesen Göttern befasst hatte, gelang es mir dann doch ganz gut. So hatte ich meistens keine große Mühe zu verstehen, was sie mir reichen wollten. Natürlich ist es nicht wichtig, dass eine entkörperte Seele die Namen der Engelwesen kennt, zumal Begriffe in den höheren Welten ohnehin keine Rolle spielen. Sie sollte allerdings wissen, welche segensreiche Bedeutung diese Götter haben und was diese für sie alles tun wollen.

In der Kamalokazeit konnte ich nur mit den Engelwesen der untersten drei Reiche in Berührung kommen. Ich kann Ihnen die Strahlkraft, die Weisheit und Erhabenheit dieser Wesen gar nicht mit Worten schildern. Das müssen Sie eines Tages einfach selbst erleben!

Das gesamte Leben im Kamaloka, das in meinem Fall nach den üblichen irdischen Zeitmaßstäben etwa zwanzig Jahre dauerte, hatte einen großen erzieherischen Wert. Ich musste mich vieler Gewohnheiten entledigen, die in der Seelenwelt und in der geistigen Welt keine Berechtigung haben.

Neben meinem Ich war mir ja noch mein Astralleib geblieben. In diesem steckten nach wie vor noch alle Triebe, Begierden, Wünsche und Leidenschaften, die jetzt immer noch befriedigt werden wollten, aber nur im Erdenleben Befriedigung finden können.

Ich hing immer noch sehr an meinen Sinneseindrücken, wie ich sie nur im Erdenleben haben konnte. Es war immer noch die Begierde, der Wunsch da, mit Sinnen wahrnehmen und empfinden zu können. Ich sehnte mich danach, mit Augen sehen, mit Ohren hören, mit Zunge und Gaumen schmecken zu können. Aber diese Organe hatte ich ja im Augenblick des Todes abgelegt! Dafür gingen mir nach und nach höhere Sinne auf, die es mir gestatteten, in den höheren Welten Wahrnehmungen haben zu können.

Insbesondere verspürte ich jetzt – zumindest phasenweise – ein großes Verlangen nach köstlichen Speisen und erlesenen Weinen. In meinem Erdenleben hatte ich ja eine gewisse Sucht nach diesem Gaumenkitzel entwickelt. Nun fehlten mir aber die Zunge und der Gaumen, um diese Genusssucht befriedigen zu können.

Immer wieder begab ich mich in die Nähe von Erdenmenschen, die gerade Wein tranken und unternahm den absurden Versuch, an diesem Genuss zu partizipieren.

Diese Unmöglichkeit, meine Begierde zu befriedigen, bereitete mir große Qualen, die mit einem inneren Brennen verglichen werden könnten. Man könnte diesen Prozess durchaus mit einer Entziehungskur vergleichen.

Natürlich wurden diese Qualen nicht von außen – etwa durch den Teufel, also durch Luzifer oder Ahriman – ausgelöst. Es war vielmehr die Qual der fehlenden Möglichkeit, solche auf das Sinnliche ausgerichteten Begierden befriedigen zu können. Dennoch fühlte ich mich in dieser Zeit von dämonischen Wesen umgeben, die einen furchteinflößenden Eindruck auf mich machten. Sie hatten die Gestalt ganz sonderbarer, furchterregender Tiere. Es waren gewissermaßen die vielen falschen, unwahren Gedanken, die ich in meinem Leben gedacht hatte, und die unzähligen Lügen, die ich auf mich geladen hatte, die jetzt als entsetzlich hässliche Wesen auftauchten und mich ganz fürchterlich peinigten. Mir wurde jetzt schmerzlich bewusst, dass der Spruch »Die Gedanken sind frei« mit der Wahrheit nichts zu tun hat.

Zum Glück hatte ich einiges über das Kamaloka bei Rudolf Steiner gehört bzw. gelesen, an das ich mich jetzt noch ganz gut erinnern konnte. Daher traf es mich nicht unvorbereitet. Ich vermochte jetzt vieles richtig einzuordnen. So wusste ich, dass diese Qualen einen notwendigen Prozess darstellen, um mich meiner Begierden und Triebe zu entwöhnen. Diese haben in der höheren Seelenwelt und in der geistigen Welt keine Berechtigung. Erst wenn sie überwunden sind, ist die Seele reif, eine höhere Daseinsstufe anzutreten. Dieses Wissen erleichterte mir meine leidvollen Zustände ganz erheblich.

Es macht allerdings schon einen Unterschied, ob man sich zu Lebzeiten über etwas Gehörtes oder Gelesenes – zum Beispiel über das Leben im Kamaloka – Vorstellungen bildet oder ob man es dann wirklich ganz *real* erlebt. Da gab es schon die eine oder andere Abweichung. Allerdings fiel es mir meistens sehr leicht, diejenigen Vorstellungen, die ich mir im Vorhinein gebildet hatte und die nicht ganz mit der Realität, die ich jetzt erlebte, übereinstimmten, richtigzustellen.

Das können Sie sich anhand eines Beispiels klarmachen: Wenn Sie vorhaben, in ein fernes, exotisches, Ihnen noch unbekanntes Land zu verreisen, so werden Sie diese Reise über Monate sehr sorgfältig planen und vorbereiten. Sie werden viele Reiseführer lesen und mit Menschen reden, die dieses

Land schon kennen, damit Sie so gut wie möglich wissen, was Sie da erwartet, mit welchen Bedingungen, Verhältnissen und Möglichkeiten Sie rechnen müssen. Sie werden dadurch schon ziemlich genaue Vorstellungen haben. Wenn Sie dann in dem fremden Land angekommen sind, werden Sie aufgrund Ihrer sorgfältigen Vorbereitung das meiste verstehen und einordnen können.

Unabhängig davon, ob es um die Vorbereitung einer Reise oder des nachtodlichen Lebens, das ja eine besonders große Reise ist, geht, kommt es gar nicht einmal so sehr darauf an, dass die Vorstellungen, die Sie sich im Vorhinein gebildet haben, *völlig* mit den tatsächlichen Verhältnissen, die sie dann vorfinden werden, übereinstimmen. Die Vorstellungen, die nicht ganz den Tatsachen entsprechen, werden sich dann gewissermaßen von selbst korrigieren.

Ich konnte jetzt viele andere Menschenseelen wahrnehmen, die auch gerade im Kamaloka waren und zum Teil erheblich mehr zu leiden hatten als ich. Viele schienen sich der Notwendigkeit dieses Läuterungsprozesses nicht bewusst zu sein. Sie jammerten, schrien, riefen Gott und alle Heiligen – oder auch den Teufel – um Beistand an.

Ich kann nicht sagen, wie lange dieser Läuterungsprozess in der ersten Region des Kamaloka dauerte. Aber es dürfte sich nach irdischer Zeitrechnung um einige Jahre gehandelt haben.

Allerdings war es auch hierbei nicht so, dass ich jetzt permanent und ausschließlich auf diese Qualen fokussiert war. Das wäre wohl kaum zu ertragen gewesen. Selbstverständlich hatte ich auch in dieser Phase viele andere – zumeist erbauliche oder gar beglückende – Erlebnisse. So konnte ich nach wie vor in der mannigfaltigsten Weise ein Zusammensein mit den Verstorbenen aus meinem Lebensumfeld pflegen sowie an dem Leben einiger Menschen, die ich auf der Erde zurückgelassen hatte, teilhaben.

Schon kurz nachdem ich mein Kamalokaleben angetreten hatte, wurde meine nachtodliche Erfahrung für lange Zeit durch etwas höchst Erstaunliches bereichert: Ich durchlebte, ich durchwanderte – anders kann ich es eigentlich nicht ausdrücken – noch einmal mein *komplettes* abgelegtes Erdenleben, und zwar in *rückwärtiger* Reihenfolge, beginnend mit dem Tag meines Todes bis hin zum Tag meiner Geburt.

Dieses rückwärtige Durchmachen meines Erdenlebens war anfangs eine riesengroße Umstellung und äußerst gewöhnungsbedürftig. Stellen Sie sich einmal – wenn Sie möchten – nur für wenige Minuten die großen Stationen Ihres bisherigen Erdenlebens probeweise rückwärts, also von der Gegenwart in die Vergangenheit zurück vor! Das ist nicht zuletzt deshalb so schwierig, weil ja die Ursachen in der Vergangenheit und deren Wirkungen in der Zukunft liegen.

Aber in der Seelenwelt ist das eben genau umgekehrt!

Dieser Prozess, der so lange dauerte wie ich im Kamaloka war – also etwa zwanzig Jahre –, ging natürlich auch wieder einher mit vielen anderen Erlebnissen, von denen ich schon erzählt habe und noch erzählen werde. In dieser Phase wechselten also permanent meine Erfahrungen und Erlebnisse, die ich jetzt in der Welt der Wirklichkeiten hatte, mit denen, die mir mein neuerlicher Gang durch meine letzte Inkarnation bescherte.

Diese rückwärtige Durchwanderung meines Erdenlebens, dieses Rückerleben, von dem ich jetzt und auch im Folgenden einige wichtige Etappen und Details schildern möchte, hatte eine ganz andere Qualität und Bedeutung als das dreitägige *Schauen* auf die Bilder meines Lebenspanoramas, dem ich mich recht passiv und emotionslos hingegeben hatte.

Dieses ganze Rückerleben hatte einen ungleich realeren und innigeren Charakter als alles, was das Erdenleben mir jemals bieten konnte. Gemessen an der Tiefe und Eindringlichkeit dieses Erlebens erschien mir mein gesamtes verflossenes Erdenleben fast wie ein Traum. Auch Ereignisse und Begebenheiten, die mir zu Lebzeiten gar nicht recht zu Bewusstsein gekommen waren, standen jetzt klar und deutlich vor meinem Seelenauge.

So erlebte ich auch, wie völlig anders mein Leben sich gestaltet hätte, wenn ich an einigen Knotenpunkten meines Lebens eine andere Entscheidung getroffen hätte. Ich erlebte unzählige Varianten meines Erdendaseins. Mir wurde klar, wie armselig sich die Fülle der Erlebnisse, die ich zu Lebzeiten *wirklich* hatte, gegenüber derjenigen, die ich *hätte* haben können, ausnimmt.

* * * * * * * * * *

An späterer Stelle möchte ich zumindest einige Beispiele dafür geben, wie anders mein Leben verlaufen wäre, wenn ich in bestimmten Situationen anders reagiert, wenn ich andere Entscheidungen gefällt hätte.

* * * * * * * * * *

Alle diese Alternativen erlebte ich sehr real. Alles das wurde mir nun absolut bewusst.

Auch wurde mir jetzt in vielen Fällen – zum Teil aber auch erst später – klar, dass in vielen Situationen Wesen aus der geistigen Welt in mein Leben eingegriffen hatten, was für mich sehr segensreich war.

Ich konnte nun auch alles durchleben, von dem ich fühlte, dass ich es auf der Erde *hätte* erleben können, was mir das Leben *hätte* bringen können. Insbesondere das, was meine Seele nach ihrer Empfindung zu tun versäumt hat, trat als starke und intensive innere Erlebnisse auf. Alles, was ich im Erdenleben aus mangelnder Liebe anderen Menschen schuldig geblieben bin, alles, was ich anderen angetan habe, konnte ich intensiv empfinden.

Allerdings durchlebte ich auch die Freuden, die ich meinen Mitmenschen bereitet hatte.

Ich erlebte nicht nur das noch einmal auf eine äußerst innige und intensive Weise, was *ich* in den jeweiligen Momenten meines Lebens dachte, fühlte und machte, sondern ich erlebte es auch, sogar insbesondere aus der Perspektive der anderen, meiner Mitmenschen. Ich steckte gewissermaßen in ihnen drin.

Es begann mit dem Augenblick meines Todes. Spätestens jetzt wurde mir klar, dass es mein Schutzengel war, der mich über die Schwelle des Todes geleitet hatte. Dann erlebte ich die Stunde vor meinem Übergang, als Hedwig und Gotthold mit seiner Frau und deren kleiner Tochter an meinem Sterbebett weilten.
Ich erlebte es jetzt auch aus ihrer Sicht. So empfand ich die Traurigkeit meiner Hedwig sowie ihre Angst und Sorge, nun bald ohne mich auskommen zu müssen. Ich spürte auch die große Freude meines Sohnes, dass es doch noch zu einer Aussprache und Versöhnung mit mir gekommen war.

Dann erlebte ich noch einmal die letzten Monate meines Erdenlebens auf meinem Sterbebett bzw. Krankenlager. Es war die Zeit, als mein Schwager Paul Schmidtke und mein Kollege Heinrich Fitzke mich regelmäßig besuchten. Ich empfand ihre Empathie und ihre große freundschaftliche Liebe, die sie mir gegenüber hatten.

Auch die Besuche einiger anderer Bekannter, Arbeitskollegen und Nachbarn, die mich mit banalem Geschwätz aufzumuntern versuchten, durchlebte ich. Jetzt erlebte ich es aus ihrer Warte. So wurde mir gewahr, wie unsicher sie sich fühlten.
Sie wussten nicht, was sie mir sagen sollten. Wegen dieser Ohnmacht erzählten sie mir dann belanglose Dinge und machten mir Hoffnungen, dass doch noch eine Genesung eintreten könnte.

Einige Zeit später berührte mich ein gewaltiger Vorwurf. Es stieg die Gewissheit in mir auf, dass es ein großes Versäumnis war, mich nie ernsthaft bemüht zu haben, mit meiner Hedwig über spirituelle Themen zu sprechen. Natürlich wäre es grundverkehrt gewesen, wenn ich den Versuch unternommen hätte, sie von meinen Ansichten und Erkenntnissen zu überzeugen. Missionieren ist nie eine gute Idee. Das wäre ein unzulässiger Eingriff in die Freiheit des anderen. Man muss es stets den Erkenntniskräften jedes einzelnen überlassen, was er anzunehmen bereit ist.

Aber mir wurde jetzt klar, dass es gut gewesen wäre, wenn ich zumindest einmal die eine oder andere Andeutung gemacht oder ihr den Vorschlag unterbreitet hätte, Paul und mich in einen der Vorträge Rudolf Steiners zu begleiten. Das hätte ihr vielleicht wertvolle Anregungen geben können. Dann hätte sie selbst entscheiden können, ob sie weiterhin ihrem religiösen Aberglauben nachhängen oder stattdessen wahrhafte Erkenntnisse erwerben möchte.

Nun konnte ich die Situation ja auch aus ihrer damaligen Perspektive wahrnehmen. In der Tat hätte sie sich gewünscht, dass ich sie einmal gefragt hätte, ob sie uns zu einem Vortrag begleiten möchte. In ihrem Unterbewusstsein trug sie ein großes Verlangen nach spirituellen Themen.

So hatte ich nun das bedrückende Empfinden, ihr eine große Chance vorenthalten zu haben.

Diese Aufarbeitung meines Erdenlebens stellte auch einen wichtigen und förderlichen Prozess zur Selbsterkenntnis dar. Ich konnte erkennen, was ich in meiner Inkarnation schlecht oder zumindest nicht so gut gemacht hatte. Daraus konnte ich dann immer wichtige Schlüsse ziehen, um es in meinem nächsten Leben besser zu machen.

Dieses erneute Erleben und Verarbeiten meiner letzten irdischen Verkörperung bildete nur einen gewissen Teil meiner Erfahrungen, die ich im Kamaloka hatte. An späterer Stelle möchte ich weitere Einzelheiten dieses Erlebens schildern.

Mein Schwager Paul hatte ja versprochen, mir nach meinem Tod aus Steiners neuem Werk »Die Geheimwissenschaft im Umriss« vorzulesen. Ich hielt das ursprünglich für eine eher absurde Idee.

Nun löste Paul tatsächlich sein Versprechen ein. Er konzentrierte sich ganz auf mich und sprach ein Gebet. Dadurch konnte ich ihn finden. Nun begann er, eine gute halbe Stunde vorzulesen. Er wählte die Stellen, die er mir vortrug, mit Bedacht aus. Es ging noch nicht um Steiners neues Buch, sondern um das mir ja schon bekannte Werk »Theosophie«. Aus diesem las er die Beschreibung dessen, was die Seele eines Verstorbenen im Kamaloka, wo ich ja gerade war, erlebt.

Ich kann nicht sagen, dass ich die Worte verstand, aber ich konnte seine Gedanken und Gefühle, mit denen er das Gelesene durchpulste, bestens wahrnehmen. In gewisser Weise konnte ich es sogar besser verstehen, als ich etwas über diese Themen zu meinen sogenannten Lebzeiten verstehen konnte. Es war mir eine große Wohltat, auf diese Weise Einzelheiten über das nachtodliche Leben zu erfahren bzw. noch einmal zu hören, was mir gewiss das eine oder andere, was ich gerade selbst erlebte oder noch erleben sollte, in ein helleres Licht rücken konnte.

Solche Lesungen sind für die entkörperten Seelen noch viel wertvoller als Gebete. Insbesondere bringt es den Verstorbenen nichts, wenn ihre Hinterbliebenen gedankenlos den Rosenkranz rauf und runter beten, wie das ja im Katholizismus Tradition ist.

Von nun an las mir Paul sehr regelmäßig aus geisteswissenschaftlichen Büchern sowie aus dem Johannes-Evangelium vor. Ich war ihm unendlich dankbar. Auch weitere leibfreie Seelen hörten Paul zu: Meine Eltern, Maximilian sowie viele, die ich nicht oder nur flüchtig kannte.

Dann lud ich auch Pfarrer Kaufhold und Günter ein, an den Lesungen teilzunehmen. Herr Kaufhold folgte meiner Einladung. Günter konnte sich jedoch vorerst nicht so recht dazu überwinden. Er war noch zu sehr in seine große Verunsicherung und seine quälenden Ängste verstrickt.

Auch gelang es mir jetzt immer öfter, die Vorträge Rudolf Steiners unmittelbar zu verfolgen. Seine äußerst lebendige Sprache sowie die tiefen Gedanken und Gefühle, mit denen alles, was er sagte, durchzogen war, machten es mir und vielen anderen entkörperten Seelen sehr leicht, seine Ausführungen zu verstehen.

Leider waren viele Verstorbene immer noch so verwirrt und nicht bereit, ihre jetzige Daseinsform zu akzeptieren, dass sie sich nicht dazu aufraffen konnten, die Lesungen bzw. Vorträge anzuhören. Die meisten bekamen dann aber nach einiger Zeit ein ganz vitales Interesse an spirituellen Themen.

Trotz aller Erlebnisse, Erfahrungen und Empfindungen, die ich jetzt durchzumachen hatte, richtete sich mein Bewusstsein immer noch sehr stark auf einige Menschen, die noch im Erdenleben waren, insbesondere auf meine Frau Hedwig und meinen Sohn Gotthold.

Ich spürte, dass Hedwig sehr traurig und einsam war und dass in Gotthold immer noch der Wunsch lebte, Journalist zu werden.

Es ist uns entkörperten Seelen durchaus möglich, einen gewissen Einfluss – leider nicht nur einen positiven – auf die sogenannten Lebenden auszuüben. Insbesondere können wir Ideen oder Impulse, die schon in der Seele des Betreffenden wurzeln, so verstärken, dass sie ins Bewusstsein gehoben und schließlich umgesetzt werden können.

Es ist nahezu unmöglich zu beschreiben, wie ich das genau gemacht habe; jedenfalls ist es mir gelungen, Gottholds ursprünglichen Berufswunsch aus Jugendtagen, der immer noch tief in seiner Seele steckte, so anzufeuern, dass er ihm wieder voll bewusst werden konnte.

In der Tat ergriff er kurze Zeit später die Initiative und bot einer Zeitung an, Berichte und Erzählungen über das Zirkusleben zu schreiben. Die Zeitung nahm sein Angebot an. Seine Artikel wurden von den Redakteuren und Lesern so geschätzt, dass die Zeitung ihn als Journalist anstellte. Er kündigte bei dem Zirkus und konnte jetzt seinen ursprünglichen Berufstraum verwirklichen.

Sehr zur Freude meiner Hedwig zog er dann mit Frau und Tochter zu ihr in unsere frühere Wohnung, die ja groß genug war.

Nun muss ich noch etwas schildern, was ich zu Lebzeiten nie für möglich gehalten hätte und worüber ich mir auch nie Gedanken gemacht hatte.

Am Allerseelentag bin ich immer zum Friedhof an die Gräber meiner verstorbenen Verwandten gegangen. Es fing an, nachdem meine Schwester gestorben war. Später hatte ich dann immer mehr Gräber zu besuchen: Das meiner Großmutter, meines Vaters und meiner Mutter. Nach dem Tod meiner Schwiegereltern war ich mit Hedwig auch immer am Grab ihrer Eltern und später natürlich am Grab unserer Tochter. Da die Familie Schmidtke evangelisch war, fand das meistens am Totensonntag statt. Wir zündeten jeweils ein paar Grablichter an, gedachten der Toten und sprachen ein Gebet.

Ich machte das immer aus einer gewissen Tradition bzw. Gewohnheit heraus und verschwendete nie einen Gedanken daran, ob die Verstorbenen das mitbekommen könnten.

Nun war ich aber schon seit ein paar Jahren in der Welt der Verstorbenen, war also selbst ein sogenannter Toter. Hedwig hielt an diesem Brauch fest. Zusammen mit ihrem Bruder, meinem Schwager Paul, ging sie jedes Jahr am Totensonntag an das Grab ihrer Eltern sowie an das unserer Tochter und dann an mein Grab. Manchmal waren auch Gotthold mit seiner Frau und Tochter sowie Herr Fitzke dabei. Jetzt konnte ich das alles aus der anderen Perspektive erleben.

Und es war einfach großartig! Das lag nicht nur daran, dass ich ihre innigen und liebevollen Gedanken und Gebete wahrnehmen konnte. Vielmehr durchleuchtete ihre Andacht meine Welt. Es ist schwer, diese Wirkung in Worten auszudrücken. Man könnte vielleicht sagen, das, was sie mir hinaufsandten, ist vergleichbar mit einem großartigen Kunstwerk, an dem ein Erdenmensch sich erfreuen kann. Selbstverständlich ist es nicht an besondere Gedenktage oder an den Besuch meines Grabes gebunden. Wann immer meine Hinterbliebenen in feierlicher und inniger Andacht meiner gedachten, war das für mich so wohltuend, dass ich es gar nicht beschreiben kann.

Was mein erneutes Durchleben meines Erdenlebens angeht, so möchte ich hier und auch an späterer Stelle noch auf einige besonders markante Ereignisse zu sprechen kommen.
Mittlerweile war ich in diesem Zuge in meinem 46. Lebensjahr angelangt, und zwar an dem Tag, als ich zum zweiten Mal mit Herrn Fitzke an der Séance des Mediums Madame Bardot teilgenommen hatte. Sie erinnern sich, es war diejenige Sitzung, in der sich vermeintlich meine drei Jahre zuvor verstorbene Tochter Babsi durch die Stimme Madame Bardots gemeldet hatte und mir zu verstehen gab, dass es ihr in der jenseitigen Welt gut ginge und dass ich mir keine Sorgen um sie machen müsste. Jetzt wurde mir klar, dass es wirklich meine Tochter war, die ich damals vernommen hatte.
Im gleichen Augenblick trat Babsi ganz real an mich heran und bestätigte, dass sie es damals wirklich gewesen war.

In der Welt, in der ich jetzt war, bekam ich im Übrigen oftmals mit, dass Verstorbene regelrecht die Nähe von Medien aufsuchten, um sich kundzutun. Allerdings gibt es hier viele, die sich nur wichtig machen oder gar einen Schabernack treiben wollen, indem sie über die Stimme eines Mediums Halbwahrheiten oder gar Unsinn verbreiten. Auch solche Seelen, die noch sehr der Erde anhaften, weil sie sich in der Seelenwelt nicht zurechtfinden, nutzen häufig diese Gelegenheit.

Mein Schwager Paul hielt zu meinem Segen an seiner Gewohnheit fest, etwa einmal wöchentlich eine kleine Andacht für mich und andere Verstorbene zu feiern.

Nachdem er sich jeweils ein wenig auf mich eingestimmt hatte, sprach er ein Gebet und zitierte den einen oder anderen Spruch, den Rudolf Steiner für solche Zwecke gegeben hatte. Dann las er Passagen aus dem Neuen Testament, meistens aber aus den Büchern oder Schriften Rudolf Steiners, von denen es mittlerweile schon sehr viele gab. Manchmal trug er das zuvor Gelesene auch mit eigenen Worten vor.

Eines der Themen, das Paul in einer Andacht aufgriff und in einigen weiteren fortsetzte, war mir in dieser tiefen Bedeutung zu Lebzeiten nie klar geworden. Es ging um keinen Geringeren als Christus, den Sohn Gottes. Ein wirkliches Verständnis für dieses hohe Gotteswesen konnte ich aus den kirchlichen Lehren nie gewinnen. Auch hatte ich mir früher viel zu wenig Gedanken über ihn gemacht. Ich erinnerte mich aber, dass Paul mir bei einem unserer vielen Treffen einmal gesagt hatte, dass Christus gewissermaßen die goldene Mitte zwischen den beiden Extremen des Bösen, die durch Luzifer und Ahriman repräsentiert werden, bildet. Wie mir heute klar ist, hat das konfessionelle Christentum das Verständnis für den Christus längst verloren.

In der Kirche und im Religionsunterricht wurde immer gelehrt, dass Jesus und Christus die gleichen Individualitäten wären. Das hatte ich auch so mein ganzes Leben lang immer geglaubt. Möglicherweise vertreten auch Sie diese Ansicht.

Nun wurde mir dank Rudolf Steiner erstmals vermittelt, dass das ein grober Irrtum, eine Unwahrheit ist. Zumindest stellt diese Sichtweise eine unzulässige Vereinfachung der tatsächlichen Verhältnisse dar.

Jesus von Nazareth war ein sehr hoch entwickelter Mensch, ein hoher Eingeweihter, aber eben nur ein *Mensch*. Seine Leiblichkeit – sein physischer Leib, sein Ätherleib und sein Astralleib – wurde über viele, viele Generationen von hohen und höchsten Wesen der geistigen Welt so vorbereitet, so präpariert, dass sie fähig wurde, im dreißigsten Jahr bei der Taufe am Jordan das unfassbar erhabene Christus-Ich, den Christus-Geist aufzunehmen, der im Johannes-Evangelium durch das Bild der vom Himmel herabschwebenden Taube symbolisiert wird. Dieses Ereignis stellte die Geburt bzw. die Zeugung *Christi* auf Erden dar. Von diesem Tage an wandelte Jesus Christus, der Gottessohn, als Menschensohn drei Jahre lang auf dem physischen Plan. Man verkennt die Wesenheit Christi völlig, wenn man glaubte, ein so unfassbar erhabener Geist könnte wesentlich länger in einem menschlichen Körper leben. Selbst der edelste und reifste menschliche Leib müsste durch die strahlende Kraft, durch die Lichtesfülle, durch die höchste Geistigkeit des Christus-Ich geradezu verglühen, zerbersten.

Dann trug Paul über die große Bedeutung dessen vor, was vor 2000 Jahren auf Golgatha geschehen war.

Natürlich war mir wie jedem Christen bekannt, dass Jesus Christus am Kreuz gestorben und drei Tage später auferstanden war. Aber alle segensreichen Folgen dieser Ereignisse konnte mir zu meinen Lebzeiten kein Pfarrer und kein Lehrer vermitteln. Die Pfarrer sagten nur immer sinngemäß:»Durch seinen Kreuzestod und seine Auferstehung hat unser Herr alle Menschen erlöst. Wenn ihr an ihn glaubt, euch gottgefällig verhaltet und regelmäßig die Gottesdienste besucht und an den Sakramenten teilnehmt, könnt ihr später einmal in den Himmel kommen.« Wesentlich mehr hatten sie dazu nicht zu sagen. Mir fielen sogleich wieder die Worte meines Freundes Maximilian ein, der schon als Jugendlicher sagte, dass die Kirche ihre Schäfchen auf der Kindheitsstufe halten will.

Nun lernte ich erstmals, welch große Bedeutung das Mysterium von Golgatha für die ganze Erdenwelt und für alle Menschen – unabhängig davon, welchem religiösen Bekenntnis sie anhängen – hat und wie entscheidend der Christus, der wichtigste Gott für unser ganzes Sonnensystem, auch für das nachtodliche Leben des Menschen ist.

Das kann ich hier nicht annähernd alles schildern. Wenn Sie sich dafür interessieren, können Sie ja die entsprechenden Werke des hohen Eingeweihten und großen Geisteslehrers Rudolf Steiner studieren. Nur auf eine der schier unendlich vielen segensreichen Folgen der Tat Christi möchte ich noch kurz eingehen. Ohne diesen Erlösungsakt wäre es heute einem Verstorbenen überhaupt nicht möglich, ein bewusstes Leben in den höheren Welten führen zu können. Die nachtodliche Welt wäre eine finstere Schattenwelt – so wie es noch die alten Griechen, die ja vor der Erdenmission Christi lebten, empfunden hatten!

Nun bekam ich eine Ahnung, nein es war Gewissheit, dass das erhabene Wesen, das mich unmittelbar nach meinem Übertritt in die höheren Welten in Empfang genommen hatte und das ich zu diesem Zeitpunkt noch nicht richtig einordnen konnte, kein anderer als der Christus war. Vermutlich konnte ich ihn nicht gleich erkennen, weil ich mich in meinem Erdenleben nie darum bemüht hatte, den Christus *wirklich* zu verstehen.

Ich bedauerte es sehr, mich immer mit den trivialen kirchlichen Lehren über den Jesus, den schlichten Mann von Nazareth – wie gern gesagt wurde – begnügt zu haben, statt mich um ein wirkliches Verständnis für das Gotteswesen, den Christus zu bemühen.

Auf der Erde wurde das Jahr 1917 geschrieben. Seit drei Jahren tobte der fürchterliche Erste Weltkrieg. Unzählige Soldaten wurden – größtenteils in der Blüte ihrer Jahre – abrupt aus dem Leben gerissen. Auch in der Astralwelt fanden noch regelrechte Kämpfe statt, die ich wahrnehmen konnte.

Die Seelen vieler Gefallener schienen nach ihrem Ich, nach ihrem Selbst zu suchen. In einigen steckte noch eine ungeheure Wut gegenüber denjenigen, die ihren Tod verursacht hatten.

Unter den Getöteten fand ich auch meinen Sohn Gotthold sowie eine ganze Anzahl meiner früheren Schüler. Bei einigen hatte ich den Eindruck, dass in ihnen durch den gewaltsamen Tod eine unendliche Geistigkeit aufleuchtete, die ihnen alles, was sie nun in den höheren Welten erleben konnten und durchzumachen hatten, erheblich erleichterte. Sie wurden gewissermaßen in eine spirituelle Gesinnung hineingezwungen.

Insbesondere bei meinem Sohn konnte ich mit Freuden erkennen, dass er mit seiner jetzigen Situation ganz gut zurechtkam. Es gelang ihm erstaunlich schnell, sich in der Seelenwelt einzuleben. Auch mit ihm konnte ich jetzt immer wieder beisammen sein.

Bei meinem erneuten Durchleben meines letzten Erdenlebens kam ich jetzt in der Zeit an, als ich etwa 45 Jahre alt war. Es war die Zeit, in der ich meine Lebenskrise langsam überwunden hatte.

Nun musste ich einiges durchmachen, was sehr bedrückend, ja schmerzhaft war.

So erlebte ich auch wieder den Augenblick, als ich meinem Schüler Otto Hoffmann zu Unrecht eine schallende Ohrfeige gegeben hatte. Ich durchlebte es aus seiner Perspektive. Jetzt steckte ich gewissermaßen in ihm drin. Dieses Drinstecken ist durchaus wörtlich zu nehmen. So durchlitt ich die Gefühle, die er zu diesem Zeitpunkt hatte. Natürlich empfand ich keine körperlichen, aber sehr starke seelische Schmerzen. Ich fühlte jetzt in meiner eigenen Seele, wie er sich ungerecht behandelt und gedemütigt fühlte. Er verlor jedes Vertrauen zu mir und wollte nichts mehr mit mir zu tun haben, so dass er seine Eltern bat, ihn von der Schule zu nehmen.

Mir wurde sofort klar, dass ich eine gewisse Schuld auf mich geladen hatte. Solche Schulden kann man im nachtodlichen Leben nicht begleichen! Ich wusste, dass ich mit ihm in meinem nächsten Leben wieder in irgendeiner Form zusammenkommen muss, um das wieder gutzumachen, um das wieder auszugleichen. Schon dadurch wurden die ersten Keime meines zukünftigen Karmas veranlagt.

Eines Tages nahte sich mir in der Wirklichkeit der Seelenwelt eine neue entkörperte Seele. Es fiel mir nicht schwer, sie zu identifizieren: Es war meine Schwester Margarethe, die kurze Zeit zuvor gestorben war.

Auch sie hatte es sehr schwer, sich in der neuen Umgebung zurechtzufinden.

Immer wieder konnte ich ihre Anwesenheit gewahr werden. Aber ich konnte für lange Zeit keinen rechten Zugang zu ihr finden. Nur bedingt konnten wir jetzt ein Beisammensein, das zudem noch wenig erfreulich war, pflegen. Wir hatten ja zu Lebzeiten ein ziemlich schlechtes Verhältnis. Diesem kann man in den höheren Welten keine andere Richtung mehr geben.

Als wir noch auf der Erde gelebt hatten, wäre es uns jederzeit möglich gewesen, unser Verhältnis zu verbessern, dem anderen mehr Aufmerksamkeit und Liebe zu schenken oder eine begangene Ungerechtigkeit wieder gutzumachen. Das war uns jetzt nach dem Tod nicht mehr möglich. Diese Konsequenzen müssen ausgelebt werden. Die fehlende Möglichkeit, jetzt noch etwas ändern zu können, bedrückte und quälte uns beide sehr. Es stieg in mir die Gewissheit auf, dass ich ihr in einem meiner nächsten Leben wieder begegnen müsse, in dem wir den Mangel ausgleichen können, in dem wir dem anderen das schenken können, was wir im letzten Leben versäumt hatten.

Völlig anders gestaltete sich mein Wiedersehen mit meinem lieben Kollegen Fitzke.

Er war wenige Monate nach meiner Schwester gestorben. Unter den vielen Wesen – Engelwesen und entkörperte Seelen –, die ihn unmittelbar nach seinem Übergang willkommen hießen, war auch ich. Ich begrüßte ihn auf das Herzlichste.

Mit ihm konnte ich schon bald immer wieder zusammenkommen. Diese Zusammenkünfte waren stets höchst erfreulich und erbaulich.

Eines weiteren Tages trat jetzt wieder einmal die Seele an mich heran, die sich im gemeinsamen letzten Erdenleben als meine Tochter Babsi, die ich über alles liebte, inkarniert hatte. Sie sprach:»Jetzt ist es dann so weit. Ich werde mich in Kürze inkarnieren. Jetzt werde ich auf der Erde gebraucht. Zusammen mit den weisen Engelwesen habe ich einen Plan für mein neues Leben ausgearbeitet. Sobald ich dann wieder erwachsen sein werde, wird es meine Aufgabe sein, an einer Schule die Kinder zu tüchtigen, lebenstauglichen Menschen zu erziehen. Meine Eltern, die ich mir sorgsam ausgesucht habe, werden mich in diesem Sinne aufziehen. Allerdings wird meine Kindheit und Jugend nicht immer ganz leicht sein. Mein Schutzengel wird alles daransetzen, dass ich diesen Plan auch realisieren kann.«

Ich freute mich sehr für sie und nahm sie – natürlich bildlich gesprochen – in die Arme. Mir war klar, dass ich sie nicht verlieren würde, daher war ich auch nicht traurig.

Dann kam ich in meinem rückwärtigen Erleben meiner irdischen Verkörperung an dem tragischen Tag an, an dem ich mir das Leben nehmen wollte. Man schrieb das Jahr 1894. Ich war also 43 Jahre alt.

Wäre meine Nachbarin, Frau Mielke, auch nur fünf Sekunden später gekommen, um mich um ein paar Kartoffeln zu bitten, hätte sich die Schlinge zugezogen!

Nun erlebte ich, was in dieser Situation in Frau Mielke vorgegangen war: Sie ging fast wie ferngesteuert in den Keller. Kurz nachdem sie ihre Bitte formuliert hatte, dachte sie:»Spinne ich jetzt? Ich habe doch noch genug Kartoffeln!«

Mir konnte jetzt bewusst werden, dass sie nicht aus ihrem normalen Tagesbewusstsein heraus in den Keller gegangen war. Es war meine vor Jahren verstorbene Schwester Babsi, die vereint mit ihrem und meinem Schutzengel meiner Nachbarin den Impuls – man könnte auch sagen die Eingebung – bescherte, mich um Kartoffeln zu bitten. Sie waren es, denen es zu danken war, dass die geplante schreckliche Tat nicht zur Ausführung kam.

Mittlerweile war meine Zeit in der ersten Region des Kamaloka abgeschlossen. Ich hatte meine Lektion gelernt.

Wie bereits erwähnt war es phasenweise sehr qualvoll, mich von meinen Begierden – namentlich meiner Genusssucht – zu entwöhnen. Aber mir war jederzeit bewusst, dass diese Reinigung, diese Läuterung keine Strafe, sondern schlicht und einfach eine Notwendigkeit darstellte. Diese Begierde, mit Sinnen wahrnehmen und sinnliche Genüsse haben zu können, hatte ich nun überwunden; sie war aus meinem Astralleib ausgetilgt.

Jetzt ging mir langsam das Bewusstsein für die nächste Region des Kamaloka auf.

Es war nun nicht so, dass ich mich in einer ganz anderen Welt fühlte, zumal ich nach wie vor auf ähnliche Art und Weise mit den Verstorbenen, die ich aus gemeinsamen Erdentagen gut kannte und mit denen ich karmisch verbunden war, ein inniges Zusammenleben führen konnte. Auch kam ich mit den Engelwesen der unteren drei Reiche in ähnlicher Weise zusammen wie bisher. Ich fühlte nach wie vor ihre große Liebe und ihre Unterstützung.

Nun scheint mir noch eine Bemerkung sehr wichtig zu sein. Die Tatsachen, dass die Seelenwelt aus sieben Regionen bzw. Sphären besteht und dass die ersten vier Regionen Kamaloka oder von mir aus auch Fegefeuer genannt werden, ist eigentlich nicht wichtig. Es ist auch nicht wichtig, dass eine leibfreie

Seele weiß, dass sie jetzt beispielsweise in der zweiten Region ist. Daher möchte ich auch nicht die Namen dieser Regionen, die Rudolf Steiner ihnen gab, anführen, zumal ich mich an einige jetzt gar nicht mehr so recht erinnern kann. Begriffe – insbesondere Substantive – waren von nun an für mich ohnehin kaum noch verständlich.

Von allerdings ganz eminenter Bedeutung ist, dass die Seele weiß, um was es in den einzelnen Regionen geht. Sie muss wissen, was das jeweilige Ziel ist. So war es für mich also sehr wichtig zu wissen, dass ich zunächst meine niederen sinnlichen Begierden und Triebe überwinden musste. Mir war auch jederzeit klar, dass das absolut notwendig ist, um später einmal die Anwartschaft für die geistige Welt gewinnen zu können. Dadurch konnte ich die Qualen, die ich bisweilen zu erleiden hatte, verhältnismäßig gut – und ungleich besser als diejenigen Seelen es vermochten, denen der Sinn nicht bekannt war – ertragen.

Schon bald wurde mir absolut bewusst, dass meine niederen sinnlichen Begierden und Triebe nicht das einzige waren, was noch an Unvollkommenheiten in meinem Astralleib steckte.

Ich begehrte immer noch solche Gedanken, die ich im Erdenleben gewohnt war, also solche, die ich nur durch das Instrument meines physischen Gehirns haben konnte. Ich wünschte immer noch, so denken zu können, wie ich auf der Erde gedacht hatte. Nach diesen abstrakten und schattenhaften Gedanken, die mir so lieb und vertraut waren, hatte ich eine gewisse, ja eine große Sehnsucht.

Somit konnte mir gewahr werden, dass ich jetzt offensichtlich in einer anderen Region des Kamaloka war, dass ich jetzt das Bewusstsein für eine andere Sphäre hatte. Mir wurde also klar, dass es nun um die Läuterung ganz anderer Dinge ging. Jetzt stand ein anderes Ziel, eine andere Aufgabe an. Da spielte es für mich keine Rolle, um die wievielte Region es sich handelte.

Ich musste lernen, dass dieses Denken in den höheren Welten nicht möglich ist und somit keinerlei Bedeutung hat. Auch diese Läuterung bzw. Veredelung war für mich bisweilen recht schmerzlich, da ich doch noch sehr an dem irdischen Denken hing.

Nun möchte ich von einigen weiteren besonderen Stationen erzählen, die ich bei meiner Wanderung durch meine letzte Inkarnation erlebte. Ich war jetzt an dem Tag angekommen, als meine kleine geliebte Tochter Babsi beerdigt wurde. Wie ich ja geschildert habe, war ich nach ihrem Tod tagelang wie paralysiert, so dass ich nichts so richtig mitbekommen hatte. Insbesondere hatte ich ihre Beerdigung regelrecht verschlafen. Ich hatte an ihr fast wie in einem Trance-Zustand teilgenommen.

Nun erlebte ich diesen Tag noch einmal. Ich sah die vielen Trauergäste, hörte die Worte des Pfarrers. Ich durchlebte die Gefühle meiner Hedwig. Sie war nicht nur traurig wegen des Todes unserer Tochter, sondern sie war auch höchst besorgt wegen meines sonderbaren, krankhaft anmutenden Zustandes.

Was mir jetzt auch bewusst werden konnte, war, dass die Seele meiner Tochter in gewisser Weise auch anwesend war. Sie erlebte alles mit, so wie ich ja auch meine eigene Beerdigung miterleben konnte. Auch die Anwesenheit meiner verstorbenen Eltern und Schwester konnte ich wahrnehmen. Babsis Seele war alles andere als traurig, sie war geradezu fröhlich. Sie erweckte den Eindruck, als hätte sie mit ihrem Tod etwas Großes bewirkt.

Später wurde mir dann bewusst, dass sie sich mit ihrem Tod für mich regelrecht geopfert hatte! Es mag Ihnen höchst sonderbar erscheinen, dass sich Menschen durch frühen Tod für andere Menschen oder für eine besondere Mission opfern können. Aber das kommt in der Tat durchaus häufig vor.

Bevor eine Seele sich in der geistigen Welt zu einer neuen Inkarnation anschickt, ist es ihr möglich, eine Vorschau auf ihr kommendes Erdenleben zu haben. So sieht sie auch bis zu einem gewissen Grad ihre zukünftigen Mitmenschen, mit denen sie karmisch verbunden ist, und deren große Lebensstationen. Die Seele hat sich unter Anleitung hoher Geistwesen einen Plan, eine Aufgabe für ihr neues Erdenleben gestellt. Babsis Seele wusste vor ihrer Geburt, dass ich in eine tiefe Lebenskrise geraten würde. Sie nahm sich vor, schon sehr jung zu sterben, damit die große Trauer über ihren Tod mich wachrütteln und helfen könnte, mein Leben wieder auf die Reihe zu kriegen und in eine bessere Richtung lenken zu können.

Nachdem eine Seele dann wieder verkörpert ist, weiß sie natürlich nichts mehr von ihrem Vorhaben. Aber dieser Plan steckt im Unterbewusstsein, im Astralbewusstein. Auch ihr Engel wird sie leiten, dass der Plan zur Ausführung kommen kann. Selbstverständlich hängt es letztlich von vielen weiteren Faktoren ab, inwieweit ein solches Vorhaben auch verwirklicht werden kann.

Mir wurde voll bewusst, dass ich ohne ihren frühen Tod mein Lotterleben gewiss fortgesetzt hätte. Dann wäre ich wohl auch nie dazu gekommen, mir spirituelle Erkenntnisse über das nachtodliche Leben und viele weitere Themen anzueignen.

Ich empfand eine unendliche Dankbarkeit und Liebe für die Seele, die sich in ihrem Leben als meine Tochter Babsi inkarniert hatte. Dann kam mir noch der Gedanke: »Wie gut, dass meine Schwester meinen Suizid verhindert hat! Sonst wäre die große Opfertat meiner Tochter umsonst gewesen!«

Nun musste ich noch einmal die wohl schlimmste Phase meines abgelegten Erdenlebens durchmachen.

Es ging um die Jahre, in denen ich mich sehr gehen ließ. Ich konnte für meinen Beruf als Lehrer kein großes Interesse mehr aufbringen, ich vernachlässigte meine Frau und meinen Sohn, ich frönte dem Alkohol und ich hatte einige Liebschaften. Es war die Zeit zwischen meinem 40. und 43. Lebensjahr.

Zu Lebzeiten war ich immer davon überzeugt, dass meine Hedwig es nicht mitbekommen hatte, dass ich sie betrog. Nun wurde ich eines Besseren belehrt: Sie hatte es sehr wohl bemerkt.

Nun musste ich alle die bedrückenden Gefühle erleben, die sie damals hatte. Ich empfand nun selbst, wie traurig sie gewesen war und wie erniedrigt und gedemütigt sie sich gefühlt hatte. Es war sehr niederschmetternd.

Dann musste ich auch durchleben, wie enttäuscht und vernachlässigt sich mein Sohn gefühlt hatte. Ich erlebte jetzt auf eine sehr intensive Art, dass er aufgrund meines abweisenden Verhaltens phasenweise sehr verzweifelt war.

Des Weiteren musste ich die Enttäuschungen und Langeweile meiner Schüler durchmachen, die sie aufgrund meines lustlosen Unterrichts hatten.

Manchmal dachte ich jetzt:»Wenn die Menschen, die noch auf der Erde leben, nur wüssten, was sie nach dem Tod alles durchleben werden! Dann würden sie gewiss ihr Verhalten überdenken und ihr Leben ganz anders einrichten!«

Dann war das Ereignis mit dem Droschkenunfall meiner Schwiegereltern an der Reihe.

Ich durchlebte jetzt auch, was passiert wäre, wenn ich mit unseren Kindern den Spaziergang mitgemacht hätte.

* * * * * * * * * *

Im Sommer des Jahres 1890 tauchten eines Sonntagmorgens meine Schwiegereltern völlig überraschend bei uns auf. Mein Schwiegervater sagte:»Kinder, lasst uns einen gemeinsamen

Stadtspaziergang machen! Was haltet ihr davon?« Hedwig, die an ihren Eltern recht hing, war von dem Vorschlag begeistert. Ich dachte mir:»Vielleicht ist das keine schlechte Idee! Das ist möglicherweise eine gute Gelegenheit, ihn ein wenig besser kennenzulernen. Außerdem könnte er mich für unhöflich und undankbar halten, wenn ich seinen Vorschlag zurückweisen würde.« Hedwig machte sich und die Kinder zurecht. Ich zog meine Schuhe und Jacke an und setzte meinen Hut auf.

Dann verließen wir gemeinsam das Haus.

Da wir uns schon bald sehr in ein Gespräch vertieften, war ich beim Überqueren einer Hauptstraße unaufmerksam und übersah eine zweispännige Pferdedroschke. Babsi, die ich an der Hand hielt, wurde von einem der Pferde zu Tode getrampelt. Ich geriet unter die Räder der Droschke.
Dabei erlitt ich Brüche und Quetschungen an beiden Beinen.

Ich kam für lange Zeit in ein Krankenhaus, wurde aber nicht mehr richtig gesund. Ich konnte nie wieder normal laufen, nie wieder meinen Beruf ausüben.
Ich litt mein gesamtes weiteres Leben gewaltig unter Schuldkomplexen, weil meine geliebte Tochter durch meine Unaufmerksamkeit gestorben war. Ihren Tod konnte ich nie verwinden.
Auch die Unmöglichkeit, jemals wieder ein normales Leben führen zu können, machte mir gewaltig zu schaffen, so dass ich zu einem unausstehlichen, völlig verdrossenen Menschen wurde, der seinem Leben keinen großen Sinn mehr abgewinnen konnte und der seine Mitmenschen drangsalierte.

Ich vegetierte fast nur noch vor mich hin.

* * * * * * * * * *

Wie mir dann später bewusst wurde, war es mein Schutzengel, der mir den Impuls gab, den Spaziergang nicht mitzumachen, da ihm klar war, wie es ausgehen würde und da ein solcher Ausgang nicht in meinem Schicksal lag.

Bei der Rückblende meines Erdenlebens konnte ich auch sehr viel Erfreuliches erleben.

Mit Ausnahme einiger Jahre war ich ja ein wirklich guter und engagierter Lehrer, der vieles dafür tat, seine Schüler zu fördern.

So erlebte ich jetzt aus der Sicht einiger Schüler, wie wohl sie sich in meinem Unterricht gefühlt, wie sie ihn genossen hatten und wie sie sich durch mich gefördert fühlten. Ich spürte die Zuneigung, die einige mir gegenüber aufbringen konnten.

Dann spürte ich auch die tiefe Liebe, die insbesondere meine kleine Tochter und meine Hedwig, aber auch meine Großmutter und meine Mutter für mich empfanden. Selbst mein Sohn Gotthold war mir viel mehr zugeneigt, als mir das im Leben bewusst geworden ist.

Dann erlebte ich noch einmal den Tag, an dem ich Hedwig in einem Café kennengelernt hatte. Zu diesem Kontakt war es nur gekommen, weil mein Kollege, Herr Fitzke, mich versetzt hatte.

Unseren führenden Engeln war natürlich bewusst, dass wir beide zusammenkommen wollten. Das hatten wir schon in der geistigen Welt vor unserer Geburt geplant, weil wir es als eine karmische Notwendigkeit erkannt hatten. Ich muss wohl nicht erwähnen, dass diese Tatsache zu Lebzeiten nie unsere Bewusstseinsschwelle überschritten hatte. So mussten also unsere Engel eingreifen.

Sie sorgten dafür, dass ein guter alter Freund Herrn Fitzkes diesen unverhofft aufsuchte. Herr Fitzke war so erstaunt und erfreut, seinen Freund zu sehen, dass er die Verabredung mit mir völlig vergaß.

Immer wieder, wenn ich bei meinem rückwärtigen Erleben meiner letzten Inkarnation bestimmte Situationen noch einmal erleben konnte, empfand ich es als sehr bereichernd, ja beglückend, dass mir jetzt – in manchen Fällen auch erst etwas später – viele Hintergründe klar werden konnten.
Solange ich im Erdenleben weilte, führte ich viele Geschehnisse oder Einschläge des Schicksals auf einen Zufall zurück. Jetzt erst wurde es mir möglich, die wirklichen geistigen Ursachen und Hintergründe erkennen zu können. Ich begriff mehr und mehr, dass alles, was auf der Erde geschieht, seine Ursachen in der geistigen Welt hat.

Ich kann nicht sagen, wie lange es gedauert hatte, bis es mir gelungen war, mich von meiner Sehnsucht, immer noch so denken zu können, wie ich es in meinem Erdenleben gewohnt war, zu befreien.

Eines Tages hatte ich jedenfalls den Eindruck, in der nächsten Region des Kamaloka angekommen zu sein, dass es jetzt also um die Läuterung von etwas anderem ging, dass jetzt ein anderes Ziel zu verfolgen war.
Ja, es gibt mehr Dinge, die nur auf der Erde berechtigt sind und die man in der Seelenwelt überwinden muss, als Sie vielleicht denken mögen.

Nun wurde mir bewusst, dass ich mich noch meiner Wünsche entledigen musste, und zwar solcher Wünsche, die sich nur auf Sinnliches bezogen und somit in den höheren Welten keine Bedeutung haben.
Ja, ich hatte in meinem Erdenleben sehr viele Wünsche! Aber mein stärkster, mein innigster Wunsch war es, Schriftsteller oder Theaterschauspieler zu werden. Wie bei vielen Menschen, die eine solche Karriere anstreben, steckte tief in

mir eine große Geltungssucht. Ich träumte sogar manchmal davon, später von der Leserschaft bzw. dem Publikum gefeiert zu werden. Ich träumte, eine Größe der Szene zu werden. Zumindest in meinem Unterbewusstsein hegte ich diesen Wunsch bis wenige Jahre vor meinem Tod.

Ich musste nun einsehen, dass ein solches Wunschdenken und namentlich Geltungssucht in der Welt, in der ich nun war, nicht gebraucht werden können. Dieser Entzug war nicht so leidvoll wie der von meiner Begierde, sinnlich wahrnehmen zu können, aber doch leidvoller als der, mich meines irdischen Denkens zu entwöhnen.

In der Retrospektive meines Erdenlebens war ich jetzt im Jahre 1871 angekommen. Es war das Jahr, als ich in der Universitätsbibliothek saß und das schöne Fräulein wahrnahm.

Ich erlebte jetzt – und zwar durchaus real –, wie anders sich mein Leben gestaltet hätte, wenn ich die fremde Dame angesprochen hätte.

* * * * * * * * * *

Etwa eine viertel Stunde später ließ das hübsche Fräulein so, dass es mir nicht entgehen konnte, ein weißes Taschentuch zu Boden fallen. Damals wusste ich noch nicht was diese Geste zu bedeuten hatte.

Dennoch zögerte ich keine Sekunde:
Ich nahm meinen ganzen Mut zusammen, ging auf die Dame zu, hob das Taschentuch auf und überreichte es ihr mit den Worten: »*Darf ich Ihnen Ihr Taschentuch reichen, junges Fräulein?*«

Sie antwortete: »*Das ist aber sehr aufmerksam von Ihnen, junger Herr! Vielen Dank!*«

Nun erlebte ich wie im Zeitraffer, wie mein Leben dann verlaufen wäre, was ich hier in groben Zügen skizzieren möchte.

Also, das junge Fräulein, das sich mir als Gertrud Schumann vorstellte, war eine gemessen an ihrem jungen Alter schon recht bekannte und gefeierte Schauspielerin an einer namhaften Wiener Bühne. Ihr Vater war der Intendant des Theaters.

Gertrud und ich verliebten uns schnell bis über beide Ohren, so dass wir schon im Jahr darauf Hochzeit feierten.
Sie und ihr Vater waren schon recht bald davon überzeugt, dass ich Talent zur Schauspielerei hatte, was mich sehr glücklich machte. Schließlich war dieser Beruf neben dem des Schriftstellers ein Jugendtraum. So gab ich mein Studium auf und nahm eine Anstellung an der Wiener Bühne an.

Anfangs durfte ich nur kleine Rollen spielen. Da ich meine Sache aber sehr gut machte, wurden schon bald auch Hauptrollen mit mir besetzt. Ich ging ganz in diesem Beruf auf. Ich genoss es, auf der Bühne zu stehen und am Ende den warmen Applaus des Publikums entgegenzunehmen.

Gertrud und ich wohnten in der großen Villa meiner Schwiegereltern. Nach deren Tod lebten wir, da Gertrud leider keine Kinder bekommen konnte, allein in dem riesigen Haus.
Da wir beide beruflich sehr stark eingespannt waren – Gertrud war mittlerweile auch stellvertretende Intendantin am Theater – stellten wir eine junge alleinstehende Dame als Haushaltshilfe ein. Sie kam aus Berlin und hieß Hedwig Schmidtke!
Hedwig hatte einen kleinen unehelichen Sohn namens Emil. Diese Seele war keine andere als diejenige, die sich in meinem wirklichen Leben als meine Tochter Babsi inkarniert hatte!

Hedwig, die für Gertrud und mich nicht nur eine Bedienstete war, sondern schon bald zu einer guten Freundin wurde, bewohnte mit Emil zwei Zimmer in unserer Villa. Der kleine

Emil war ein ganz reizender und aufgeweckter Knabe, den ich schon bald in mein Herz schloss. Wir Vier verbrachten sehr viel Zeit miteinander. Wenn es unsere beruflichen Verpflichtungen erlaubten, reisten wir viel durch Europa. Insbesondere besuchten wir Theateraufführungen oder Konzerte in Paris, London und Mailand.

Manchmal, wenn ich Hedwig betrachtete, kam mir der Gedanke:»Das ist wirklich eine ganz außerordentlich sympathische Person. Die hätte ich mir auch ganz gut als Ehefrau vorstellen können!«

In den nächsten Jahren schrieb ich auch mein erstes eigenes Theaterstück, das schon kurze Zeit später mit großem Erfolg uraufgeführt wurde. So konnte ich auch meinen zweiten Berufstraum, die Schriftstellerei, zumindest ein wenig ausleben.

Etwa zehn Jahre später lernte Hedwig einen Mann kennen, der sie ehelichte. Mit ihm zog sie dann in eine andere Stadt.

Gertrud und besonders ich waren sehr traurig, dass wir unsere Freundin und ihren Sohn jetzt nur noch höchst selten zu sehen bekamen.

* * * * * * * * * *

Zurück in die Welt der Wirklichkeit: Ziemlich zeitgleich traf ich dann auch Gertrud Schumann, die vor ein paar Monaten gestorben war, in der Seelenwelt.

Ähnlich wie es mir mit Ursula erging, fiel es mir auch bei ihr nicht ganz so leicht, in Kontakt zu treten. Sie sagte:»Ich war damals sehr traurig, dass du mich nicht angesprochen hast!« Uns beiden war klar, dass wir unser gemeinsames Schicksal, das wir schon im Vorgeburtlichen geplant hatten, nicht leben konnten. Blitzartig trat die Erkenntnis auf, dass wir uns im nächsten Erdenleben wieder treffen müssen, um dann in der einen oder anderen Weise zusammenzukommen und ein gemeinsames Schicksal haben zu können.

Jetzt wurde es mir auch mehr und mehr möglich, entkörperte Seelen wahrzunehmen, die ich zwar aus meinem Erdenleben kannte, die mir aber schicksalsmäßig nicht so nahe stehen. Das waren beispielsweise meine Schwiegereltern, mein früherer Kommilitone Fritz, mein Mathematiklehrer Grewe, mein ungeliebter Mentor, der dicke Hillebrand, der jetzt natürlich nicht mehr dick war, einige frühere Lehrerkollegen und Schüler und viele mehr. Auch mit ihnen konnte ich jetzt ein Zusammensein pflegen.

Sie dürfen sich ein solches Beieinandersein nicht etwa so vorstellen, wie Sie das aus Ihrem irdischen Leben kennen und gewohnt sind. Hier sind solche Treffen niemals oberflächlich, es geht nicht um Zerstreuung oder den Austausch von Banalitäten. Es gibt hier kein Tratschen, zumindest nicht unter den Seelen, die sich gut in den höheren Welten einfinden konnten. Alles ist vielmehr von einem heiligen Ernst durchzogen, was aber keineswegs bedeutet, dass Humor in den höheren Welten etwa gar keine Rolle spielen würde.

Ich begann zu ahnen, dass – und teilweise auch schon wie – mein Lebensfaden mit denen der anderen Seelen in der Zukunft wieder zusammenkommen muss.

Ich war und bin natürlich nicht immer mit irgendwelchen Seelen zusammen. Ähnlich wie es im Erdendasein den Rhythmus zwischen Wachen und Schlafen gibt, so findet in den höheren Welten ein rhythmischer Wechsel zwischen Geselligkeit mit anderen Seelen und Phasen, in denen man sich mehr in sich selbst zurückzieht, in denen man also eine gewisse Einsamkeit und Selbstbesinnung bevorzugt, statt.

Dann geschah etwas höchst Erstaunliches, etwas, was ich zu meinen Lebzeiten nie für möglich gehalten hätte: Es trat eine ganze Reihe von Seelen an mich heran, die ich erst überhaupt nicht einordnen konnte. Sie mussten sich mir gewissermaßen erst vorstellen. Es handelte sich um die Seelen vieler meiner Ahnen, also meiner Großeltern, Urgroßeltern, Ururgroßeltern, usw. Mit Ausnahme einer Großmutter waren alle schon vor meiner Geburt durch die Pforte des Todes geschritten. Viele von ihnen waren schon vor Jahrhunderten gestorben. Wenn ich es etwas plakativ beschreiben sollte, muss ich sagen, dass wir ein großes Familienfest feierten, was natürlich auch wieder nicht ganz wörtlich genommen werden darf.

Sie gaben mir zu verstehen, dass ich schon lange vor meiner letzten Geburt aus der geistigen Welt auf sie – als sie auf der Erde verkörpert waren – gewirkt, dass ich sie mir regelrecht als meine Vorfahren ausgewählt hätte. Das erschien mir geradezu unfassbar.

Nach wie vor verwandte ich einen großen Teil meiner Zeit darauf, mein letztes Erdenleben weiter zu durchlaufen, um die richtigen Schlüsse daraus zu ziehen. Mittlerweile war ich schon in der Zeit angekommen, als ich etwa zwölf Jahre alt war. Es war das Jahr 1863. Auf der Erde wurde jetzt mittlerweile das Jahr 1929 geschrieben.

In dieser Jugendzeit hatte ich mich ja heimlich in ein junges hübsches Mädchen, dem ich den Namen Ursula gab, verliebt. Leider fand ich nie den Mut, sie anzusprechen.

Zunächst durchlebte und empfand ich noch einmal auf eine sehr intensive Weise meine Gefühle, die ich ihr gegenüber seinerzeit hatte. Mir wurde wieder bewusst, wie beglückt ich jedes Mal war, wenn ich sie sah und wie sehr ich unter meinem fehlenden Mut, mit ihr in Kontakt zu treten, litt. Ich konnte jetzt auch ihre große Enttäuschung wahrnehmen, die sie damals hatte, weil ich nicht den Mut gefunden hatte, sie anzusprechen.

Nun erlebte ich, wie mein Leben sich gestaltet hätte, wenn ich sie wirklich angesprochen hätte. Das möchte ich nun in aller Kürze skizzieren:

* * * * * * * * * *

Manchmal sah ich sie auch nach dem Gottesdienst von weitem auf dem Kirchplatz. Immer wieder trafen sich unsere Blicke. Hin und wieder nickten wir uns zum Gruße zu.

Nachdem ich mich wochen-, fast monatelang nicht getraut hatte, auf sie zuzugehen, fasste ich mir an einem Sonntag nach dem Gottesdienst ein Herz.
Sie stand – wie so oft – noch auf dem Kirchplatz. Mit zitternden Knien ging ich auf sie zu, lächelte sie freundlich, aber etwas verlegen an und sagte: »*Hallo! Ich habe dich schon oft in der Kirche gesehen. Wohnst du hier in der Nähe?*«

Das junge Mädchen schien schon lange darauf gewartet zu haben, dass ich endlich die Initiative ergriff. Sie war forscher als ich und sagte recht selbstsicher: »*Ja, dich habe ich auch schon oft gesehen. Ich habe auch nicht übersehen, dass du mich während der Predigt immer angeschaut hast. Das hat mir gefallen. Aber es ist ja wohl Sache der Jungen, ein Mädchen anzusprechen, oder?*«
Ich war überrascht und erfreut zugleich über ihre klaren Worte und fuhr fort: »*Um ganz ehrlich zu sein, mir fehlte bisher der Mut, dich anzusprechen. Aber jetzt habe ich es ja geschafft! Ich heiße übrigens Johann Hanke.*«

Dann haute es mich fast um, als sie sagte: »*Angenehm! Ich bin Ursula Paschke. Ich wohne mit meinen Eltern gleich um die Ecke.*« *Ich konnte kaum glauben, dass sie tatsächlich den Namen Ursula trug, den ich ihr insgeheim gegeben hatte!*

Um es kurz zu machen:

Es entwickelte sich sehr schnell das, was man eine reine, platonische Jugendliebe nennt. Wir verbrachten sehr viel Zeit miteinander.

Ihr Vater war Verleger in einem sehr renommierten Berliner Buchverlag. Da er ein Jahr später einen Verlag in Stuttgart übernahm, zog Familie Paschke dorthin.

Ursula und ich waren natürlich sehr traurig, weil wir uns jetzt nur noch selten sehen konnten. Die Paschkes hatten in Berlin viele Verwandte, so dass sie mehrmals im Jahr für ein paar Tage nach Berlin kamen. Dadurch verloren wir uns nicht ganz aus den Augen. Außerdem schrieben wir uns nahezu täglich ellenlange Briefe.

Mittlerweile hatte ich meine Leidenschaft entdeckt, Gedichte und Kurzgeschichten zu schreiben. Immer wenn ich gerade ein Werk vollendet hatte, schickte ich es meiner Freundin. Sie war immer ganz begeistert und meinte, ich hätte großes Talent. Auch ihr Vater, dem sie einige meiner Werke vorlegte, zeigte sich von meinen Schriften angetan. Kurz bevor ich das Abitur machte, bot er mir an, ein Buch mit einigen meiner Kurzgeschichten zu verlegen.

Ich war natürlich mächtig stolz. Das Buch war ein rechter Erfolg.

Im Jahre 1868 starb Ursula. Sie wurde nur siebzehn Jahre alt. Ich war unendlich traurig.

Den Kontakt zu ihrem Vater verlor ich allerdings nicht. Jetzt schrieb ich auch meinen ersten Roman, den Herr Paschke in seinem Verlag veröffentlichte. Auch dieser verkaufte sich sehr gut, so dass mir der Verlag ein sehr lukratives Vertragsangebot unterbreitete.

Ja, ich war tatsächlich zum Schriftsteller geworden. Bis an mein Lebensende blieb ich dieser Tätigkeit, die mich sehr erfüllte, treu.

Ein paar Jahre später – ich war längst zu einem durchaus namhaften Schriftsteller avanciert – sah ich beim Stöbern in einem Bücherladen eine junge aparte Dame.

Sie schaute mich etwas fragend an und sagte dann: »Entschuldigen Sie, sind Sie nicht Johann Hanke, der Autor des Romans ›Der Lauf der Dinge‹?«

Ich war ganz stolz, erkannt worden zu sein, und stellte mich der Dame höflich vor.

Sie werden es kaum glauben – diese Dame war keine andere als Hedwig Schmidtke!

Ab diesem Zeitpunkt verlief mein weiteres *mögliches* Leben ziemlich genau so, wie es in der Wirklichkeit verlaufen ist. Der wesentliche Unterschied war, dass ich nicht Lehrer, sondern Schriftsteller war. In diesem Beruf konnte ich mich ganz ausleben.

Mir wurde klar, dass meine Hedwig der wohl wichtigste Mensch in meiner letzten Inkarnation war. Auch wenn ich in einigen Situationen ganz anders reagiert, ganz andere Entscheidungen getroffen hätte, wären wir uns trotzdem begegnet. Wir wären unserem notwendigen Schicksal nicht entkommen.

* * * * * * * * * *

Eines Tages spürte ich, dass in mir keine Geltungssucht und keine Wünsche mehr nisteten. Es war mir gelungen, mich der Art des Wünschens, die ich im Erdenleben gepflogen hatte, zu entwöhnen. Ich hatte es mir abgewöhnt. Von diesem Augenblick an hatte ich nie mehr eine Affinität zu diesem Wunschdenken.

Ich war reif für neue Aufgaben, für neue Ziele. Ich betrat eine neue Erfahrungsebene, die letzte Region des Kamaloka.

Ich will nicht sagen, dass ich völlig unberührt durch diese Region ging, aber ich hatte keine große Verwandtschaft zu ihr, so dass ich jetzt eigentlich nicht zu leiden hatte.

Auch in dieser Phase hatte ich sehr viele höchst erbauliche Erlebnisse, die ich gar nicht alle schildern kann.

Allerdings konnte ich etliche andere leibfreie Seelen wahrnehmen, die hier sehr qualvolle Erfahrungen machen mussten. Es waren solche, die immer noch eine starke Sehnsucht nach dem Leben auf der Erde hatten, die sich immer noch von ihrem längst abgelegten physischen Leib, mit dem sie sich gerne wieder verbunden hätten, angezogen fühlten. Diese Seelen hatten sich zu Lebzeiten zu stark mit ihrem Körper identifiziert, der ihnen ihr Selbstgefühl verliehen hatte. Viele hielten diesen sogar für ihr einziges Wesensglied. Sie hatten nun das Gefühl, sich selbst verloren zu haben, sie fühlten sich wie ausgehöhlt.

Für sie ging es in dieser Region darum, die Illusion zu verlieren, dass ihr physischer Leib ihr entscheidendes Wesenglied wäre. Auch mein früherer Kommilitone Günter tat sich hier sehr schwer, diesen materialistischen Aberglauben hinter sich zu lassen.

Dann kam der Tag, an dem meine Hedwig die Schwelle des Todes überschritt.

Schon in den letzten Monaten konnte ich mitfühlen, dass sie schwer krank war und keinen rechten Lebensmut mehr hatte.

Natürlich war ich mit vielen anderen leibfreien Seelen und einigen Engelwesen an der Todespforte, um sie herzlich zu begrüßen. Aber sie schien weder mich noch die anderen Wesen wahrzunehmen. Sie machte einen äußerst konfusen Eindruck. Es war für mich sehr bestürzend. Ich dachte: »Meine liebe Hedwig war in ihrem Leben immer davon überzeugt, dass ein Mensch nach seinem Tod zunächst einmal bis zur Auferstehung am Jüngsten Tage tot im klassischen Sinne, also ohne ein wie auch immer geartetes Bewusstsein sein würde.

Das hatte ihr Pfarrer so gelehrt. Diese Vorstellung hat sie stark verinnerlicht und durch die Todespforte getragen, so dass sie jetzt gar nicht merkt, dass sie noch existiert.«

Tatsächlich war es wohl so, dass sie glaubte, wirklich tot zu sein. Viele Seelen müssen nach dem Tod geraume Zeit in einer Scheinwelt leben, die sie sich im Leben mit ihren Vorstellungen gezimmert haben. Daher konnte sich Hedwig für lange Zeit nicht in den höheren Welten zurechtfinden. In den ersten Monaten, vielleicht auch Jahren – um es nach Erdenmaßstäben zu quantifizieren – war sie für mich fast nicht erreichbar. Zwar konnte ich sie, wann immer ich es wollte, wahrnehmen, aber ich kam nicht wirklich an sie heran.

Das sollte sich erst sehr viel später ändern. Ich machte mir große Vorwürfe, dass ich in unserem gemeinsamen Erdenleben es stets gemieden hatte, mit ihr über spirituelle Themen zu sprechen.

Mein Gang durch mein letztes Erdenleben führte mich jetzt zu dem Tag zurück, an dem ich mir absichtlich eine schwere Verletzung zuzog, indem ich mir einen Ziegelstein auf den Fuß wuchtete. Wie Sie sich erinnern werden, wollte ich damit erreichen, einige Zeit nicht in die Schule gehen zu müssen, um so den drastischen Prügelstrafen meines Mathematiklehrers zu entkommen.

Auch jetzt konnte ich mich noch sehr gut in die Gefühlslage, die mich zu jener Zeit beherrschte, hineinversetzen.

Nun aber erlebte ich, was geschehen wäre, wenn ich mir diese Verletzung nicht beigebracht hätte.

* * * * * * * * * *

Dann kam mir eine ganz verrückte Idee: »Ich muss mir eine Verletzung zuziehen, die keiner übersehen und ignorieren kann.« Schon bald wusste ich, wie ich es anstellen könnte.

Ich suchte mir einen Ziegelstein, nahm ihn und *wollte mir diesen mit ziemlicher Wucht auf meinen linken Fuß werfen.*

Doch dann fuhr in mich der Gedanke:»Ja, bist du jetzt ganz verrückt! Wer weiß, was da passieren kann! Lasse es bloß sein!« So nahm ich denn Abstand von meinem absurden Vorhaben.

Die nächsten sieben Jahre verliefen dann genau so, wie sie sich in meinem Leben tatsächlich gestaltet hatten. Doch dann kam der entscheidende Unterschied.

Kurz nachdem ich einen Studienplatz an der Berliner Universität bekommen hatte, erhielt ich einen Einberufungsbefehl zum Militär. Da ich mir ja nicht die ursprünglich geplante Fußverletzung zugezogen hatte, war ich uneingeschränkt wehrtauglich. Schon wenige Wochen später musste ich als Soldat in den Deutsch-Französischen Krieg ziehen.

Anfang 1871 wurde ich im Kampf getötet. Ich wurde nur zwanzig Jahre alt.

* * * * * * * * * *

Mir wurde nun sonnenklar, dass es mein Schutzengel war, der damals den Impuls in mich pflanzte, mir den Stein auf den Fuß zu werfen. Damit wollte er – was ihm ja zum Glück gelungen ist – verhindern, dass ich im Krieg fallen würde. Auch ihm war es zu danken, dass mein Mathematiklehrer, Herr Grewe, mich häufiger und heftiger als es angemessen gewesen wäre, verdroschen hatte. Ohne die Angst vor seiner Prügelei wäre ich ja nie auf den Gedanken gekommen, mir eine Verletzung beizufügen.

Ich empfand eine tiefe Dankbarkeit für mein Schicksal und deren Mächte. Ich dankte allen himmlischen Wesen, dass ich mich in meinem Leben jeweils genau so entschieden hatte, dass ich mein Leben genau so gelebt hatte. Es war ja alles in allem ein durchaus reiches und erfülltes Leben.

Wäre mein Leben so verlaufen, wie es *hätte* verlaufen können, wenn ich andere Entscheidungen getroffen hätte, so hätte ich mich höchstwahrscheinlich nicht sonderlich mit spirituellen Themen befasst. Insbesondere wäre ich wohl nicht auf die Geisteswissenschaft Rudolf Steiners aufmerksam geworden. Wer weiß, wie schwierig sich dann manche Phasen meines nachtodlichen Lebens gestaltet hätten. Womöglich wäre ich dann auch lange Zeit herumgeirrt und hätte nichts verstanden.

Schon seit einiger Zeit vermisste ich, dass mir Paul etwas aus der Bibel oder aus geisteswissenschaftlichen Büchern vortrug. Ihm ging es gesundheitlich nicht gut, wie ich deutlich wahrnehmen konnte. Seine Lebenskräfte schwanden zusehends.

Dann war es so weit: Paul ging durch die Pforte des Todes. Es war eine besonders großartige und erhabene Feierstunde, in der er in der übersinnlichen Welt empfangen wurde. Es standen deutlich mehr Engelwesenheiten der verschiedensten Reiche zu seiner Begrüßung Spalier, als ich das beim Übergang der meisten anderen Menschenseelen beobachten konnte. Auch viele der entkörperten Seelen waren zugegen. Paul schien sich sehr zu freuen, jetzt wieder in unser aller wahre Heimat zurückgekehrt zu sein.

Er hatte keine Probleme, sich hier einzuleben. Mit ihm konnte ich von nun an besonders häufig zusammenkommen. Es war uns immer eine große Freude.

Das nochmalige Durchleben meiner Kindheitsjahre war in gewisser Weise besonders interessant. Hier ging es schließlich um Erlebnisse, an die ich in meinen späteren Lebensjahren kaum noch oder gar keine Erinnerung hatte.

So konnte ich jetzt wieder nacherleben und nachempfinden, dass ich in meinen ersten drei, vier Lebensjahren die ganz natürliche Fähigkeit hatte, meinen Schutzengel unmittelbar wahrzunehmen. Er erschien mir genau so real wie meine Mitmenschen. Ich war mir immer bewusst, dass er in meiner Nähe war. Mit ihm konnte ich auf eine viel natürlichere Weise kommunizieren als mit meinen Eltern oder Spielfreunden.

Als ich eines Tages meiner Mutter von ihm erzählte, sagte sie: »Engel kann man nicht sehen, Hansi! Du hast sicher geträumt oder eine zu große Phantasie.« Anschließend erzählte ich ihr nicht mehr von den Begegnungen mit meinem Engel.

Ich konnte jetzt auch gewahr werden, was damals in meiner Mutter vorging, als sie diese Aussage tätigte: Sie hatte Angst, dass ich vielleicht verrückt war oder werden könnte. Deshalb wollte sie mich auf den Boden der *vermeintlichen* Realität zurückholen. Allerdings bereitete ihr ihre Reaktion ein großes Unbehagen, wie mir jetzt deutlich werden konnte.

Besonders eindringlich erlebte ich jetzt eine Situation meines Lebens, als ich drei Jahre alt war.

Ich war an einem Sonntag mit meinen Eltern und meiner Schwester Margarethe in der Kirche. Plötzlich hörte ich den Pfarrer sagen: »Unser Herr, Jesus Christus, soll euer Erwecker sein!«

Im Grunde hatte ich nie so richtig auf das geachtet, was der Pfarrer sprach, zumal das meiste für ein Kleinkind auch gar nicht zu verstehen gewesen wäre. Aber genau dieser Satz, genauer das Wort »Christus«, hatte mich tief ergriffen, ja geradezu aufgeweckt.

Es war nichts geringeres geschehen, als dass mein Ich-Bewusstsein erwacht ist. Wie ich heute weiß, ist es ja der Christus, dem wir unser Ich verdanken. Er ist der Ich-Bringer. Zum ersten Mal in meinem noch jungen Leben begann ich zu ahnen, dass ich ein eigenständiges Wesen war, dass ich ein *Ich* war. Als äußeres Zeichen für dieses erhabene Erlebnis konnte ich ab diesem Zeitpunkt das Wort »ich« richtig verwenden. Ich sagte von nun an also nicht mehr beispielsweise »Hänschen will ein Bonbon« oder »Bonbon haben«, sondern »*Ich* will ein Bonbon«. Es gibt im Übrigen nur extrem wenige Kinder, die sich zu irdischen Lebzeiten dieses heiligen Augenblicks bewusst werden.

Meine Rückwärtswanderung durch mein letztes Erdenleben endete im Grunde mit dem Augenblick meiner Geburt, die ich jetzt in allen Einzelheiten bewusst durchlebte. Das war auch in etwa der Zeitpunkt, ab dem mein Leben im Kamaloka endete. Nach irdischer Zeitrechnung dürften mittlerweile in etwa zwanzig Jahre vergangen sein.

Nun legte ich auch den weitaus größten Teil meines Astralleibes ab. Mit ihm entschwand alles, was in den höheren Partien der Seelenwelt und insbesondere in der geistigen Welt nicht brauchbar ist. Alles Unberechtigte war vom Läuterungsfeuer ausgetilgt worden. Ähnlich wie es zu Beginn meines Lebens im Kamaloka mit meinem Ätherleib auch der Fall war, wurde der abgegebene Teil in den Kosmos einverwoben. Ich legte also meinen dritten Leichnam ab. Auch jetzt konnte ich einen kleinen Teil, einen Extrakt meines astralischen Leibes, als Frucht meiner letzten Verkörperung auf meinen weiteren Weg mitnehmen.

Meine geistig-seelische Wesenheit breitete sich jetzt nach und nach über die Sphäre aus, die durch die Umlaufbahn des Mondes begrenzt wird. Schon bald reichte sie bis zum okkulten Merkur, den die Astronomen fälschlicherweise als Venus bezeichnen. Mein Bewusstseinshorizont umfasste also alles, was bis einschließlich der Merkursphäre webt und west.

Ich hatte mir jetzt eine gewisse Reife erworben, so dass ich meine neue Daseinsstufe mit voller Hingabe an die obere Seelenwelt betreten konnte. Ich konnte jetzt vergessen, was mir das Leben im Kamaloka teilweise so schwer gemacht hatte und von nun an mit meiner ganzen Sympathie an der allgemeinen Seelenwelt teilnehmen.

Schon die obere oder höhere Seelenwelt ist viel erhabener als sich die meisten Erdenmenschen den Himmel vorstellen. Auch jetzt konnte ich mich noch bestens an alles erinnern, was ich in meinem letzten Erdenleben gemacht und gedacht hatte.

Aber auch in den drei oberen Regionen der Seelenwelt wurde mir gewahr, dass einige meiner Eigenschaften oder Verhaltensweisen in meiner letzten Inkarnation nicht sehr förderlich waren.
So erkannte ich jetzt etwa, dass es mit meiner Moralität nicht immer zum besten bestellt war. Viele meiner Handlungen waren weniger aus Liebe zu meinen Mitmenschen, sondern mehr aus einem gewissen Egoismus geboren. Das galt ganz besonders für meinen Unterricht, den ich als Lehrer an der Oberschule hielt. Wie mir jetzt klar wurde, ging es mir gar nicht so sehr darum, meine Schüler zu fördern. Vielmehr genoss ich es, im Mittelpunkt zu stehen und von meinen Schülern verehrt zu werden. Auch die Tatsache, dass ich meine Hedwig des Öfteren betrogen hatte, zeugte nicht gerade von hoher Moralität. Insbesondere in den Jahren meiner Lebenskrise war ich im Grunde nur immer auf mich konzentriert und auf meinen Vorteil bedacht. Meine Mitmenschen waren mir in dieser Phase ziemlich gleichgültig.

Da ich aber alles in allem nicht gerade ein zutiefst unmoralischer Mensch war, konnte ich auch jetzt immer wieder ein Beisammensein mit den Seelen aus meinem Schicksalskreis pflegen. Viele entkörperte Seelen, die ich wahrnahm, waren jetzt zu einem recht öden und einsamen Leben verurteilt.

Eine Bemerkung erscheint mir jetzt noch sehr wichtig zu sein: Sollten Sie – auf welchem Wege auch immer – einmal Berichte anderer entkörperter Seelen über ihre Erfahrungen in der Merkursphäre hören oder lesen, so kann es durchaus möglich sein, dass diese von meinen Schilderungen stark abweichen. Das muss keineswegs nur daran liegen, dass ein anderer Berichterstatter andere Worte oder vergleichende Bilder wählt als es mir möglich ist. Es ist vielmehr so, dass jede Seele in dieser Region der Seelenwelt eine geraume Zeit lang ihre *eigene Realität* erlebt! Das, was sie jetzt ganz real erlebt, hängt von den Vorstellungen ab, die sie sich in ihrem Erdenleben über das nachtodliche Leben gebildet hat. Wenn beispielsweise ein Mensch zu Lebzeiten immer davon überzeugt war, nach seinem Tod in einem Paradies in trauter Eintracht mit Mensch und Tier zu leben, so wird er jetzt tatsächlich ein solches Paradies vorfinden! Dieses paradiesische Leben ist aber keineswegs eine Belohnung, wenngleich es eine sehr angenehme Erfahrung sein mag, sondern eine Läuterung. Die Seele muss lernen, dass ein solches Leben sie auf ihrem Weg der Vervollkommnung nicht weiterbringen würde; sie muss diese Vorstellung überwinden, was sicherlich ein schmerzlicher Prozess sein dürfte.

Auf der Erde spielte die Menschheit verrückt. Es tobte der Zweite Weltkrieg, der an Grausamkeit den Ersten Weltkrieg bei weitem übertraf.

Unfassbar viele Menschen gingen innerhalb weniger Jahre über die Schwelle des Todes. Hier auf dem Astralplan, in der Seelenwelt, spiegelten sich der ganze Hass, die Wut, die Schmerzen, Qualen und Leiden, die auf der Erde herrschten, wider. Es herrschten fürchterliche Zustände.

Einige der vielen Millionen ermordeter Juden kämpften jetzt gewissermaßen in der Astralwelt auf Seiten der Alliierten gegen die Deutschen Aggressoren. Bei zwei dieser Opfer handelte es sich um frühere Schüler von mir.

Die vielen ermordeten – insbesondere jüdischen – Kinder wurden jetzt von den Wesenheiten des vierten Engelreiches, den sogenannten Gewalten, mit großer Huld und Gnade empfangen.

Es dauerte lange Zeit, bis sich die schlimme Situation wieder beruhigte.

Dann wurde mir eines Tages bewusst, dass sich meine Wesenheit noch weiter ausdehnte, dass sie noch größer wurde. Sie reichte schließlich bis zur okkulten Venus, dem astronomischen Merkur. Mir eröffnete sich eine neue Daseinsstufe, eine neue Bewusstseinsebene.

Nachdem es mir bisher im Grunde nur möglich war, eine Gemeinschaft mit solchen Seelen zu pflegen, zu denen ich in meinem letzten Erdenleben in eine Beziehung gekommen war, mit denen ich karmisch verbunden bin, erweiterte sich jetzt mein Bekanntenkreis ganz erheblich. Jetzt konnte ich auch diejenigen wahrnehmen, die das gleiche religiöse Bekenntnis hatten. Es bildeten sich gewissermaßen große Gemeinden derjenigen Seelen, die in ihrem Leben dem Christentum – unabhängig von einer bestimmten Konfession – nahe gestanden waren. In dieser Gemeinschaft konnte ich neben vielen anderen meinen früheren Pfarrer, Herrn Kaufhold, wahrnehmen. Auch mit vielen Seelen, die in ihrem Erdenleben an die Geisteswissenschaft Rudolf Steiners herangetreten waren, konnte ich jetzt immer wieder zusammenkommen.

Die Engelwesenheiten der unteren drei Reiche – also die Engel, Erzengel und Urbeginne – traten jetzt immer mehr in mein Bewusstsein. Mit ihnen konnte ich ebenfalls eine Lebensgemeinschaft bilden.

Auch jetzt konnte ich wieder viele Seelen wahrnehmen, die ein sehr einsames und unorientiertes Leben führen mussten. Sie schienen von Unsicherheit und Furcht getrieben und kamen an die anderen Seelen nicht heran. Es waren offensichtlich solche, die zu ihren Lebzeiten Atheisten waren.

Nun muss ich noch etwas schildern, was einem Erdenmenschen schwer begreiflich sein dürfte, was er vielleicht sogar für einen Unsinn hält. Es ist wirklich so, dass alles, wirklich alles, was in der materiellen Welt wahrgenommen und beobachtet werden kann, seine Ursache in den höheren Welten hat. Das gilt somit insbesondere auch für alle Kräfte, die eine krankmachende oder gesundende Wirkung auf die Menschen haben.

Mir war es jetzt erlaubt, ein Diener der guten Mächte zu werden, die heilsame Kräfte in die physische Welt schicken. Diese unglaublich beseligende Tätigkeit kann ich mit Worten einer Erdensprache nicht schildern.

Viele entkörperte Seelen, die ich wahrnehmen konnte, wurden jetzt gewissermaßen zu Dienern der bösen, vorwiegend ahrimanischen Mächte, die schlimme Krankheiten, wie etwa Seuchen, oder anderes Unglück und Ungemach in die Welt brachten. Auch wenn diese unheilvollen Dinge alle ihre karmische Berechtigung haben, so ist es doch eine sehr schlimme Arbeit, die diese Toten jetzt unter dem Sklavenjoch der bösen Mächte leisten mussten. Ein solches Schicksal droht insbesondere solchen Menschen, die sich in ihrem Erdenleben als sehr gewissenlos erwiesen hatten.

Dann war es soweit. Meine Hedwig hatte es zu meiner großen Freude endlich geschafft! Sie hatte gelernt, dass eine menschliche Seele auch nach dem Tod ganz real weiterlebt. Sie hatte also ihre falschen Vorstellungen überwunden und konnte jetzt an dem rechtmäßigen Leben in den übersinnlichen Welten teilhaben.

Von nun an konnte ich auch mit ihr immer wieder ein Beisammensein pflegen. Dieses war ungleich inniger und beglückender als es in unserem gemeinsamen Erdenleben jemals möglich sein konnte.

Geraume Zeit später ging mir dann das Bewusstsein für die höchste Sphäre der Seelenwelt, die Sonnensphäre auf. Meine geistig-seelische Wesenheit dehnte sich nun allmählich bis zur Sonne aus. In diese Region leuchtet die geistige Welt schon hinein. Ein absoluter Bösewicht könnte diese Sphäre gar nicht erst betreten. Von nun an fühlte ich mich der Erde völlig entrückt.

In der Sonnensphäre stehen alle Seelen vor einem großen Abgrund, den sie nur überwinden können, wenn sie eine Verbindung, ein Verständnis für den Christus, in dessen Bereich sie nun angekommen sind, gefunden haben. Damit ist ganz gewiss nicht gesagt, dass Mitglieder einer christlichen Kirche hier einen Vorteil hätten. Der Christus ist kein konfessioneller Gott. Seine Taten stellen objektive Tatsachen dar, die allen Menschen zum Segen gereichen. Ein wahrer Christ ist derjenige, der weiß, dass mit dem Mysterium von Golgatha etwas Reales geschehen ist und dass Christus für alle Menschen gekommen und gestorben ist.

In meinem Erdenleben hatte ich leider nicht allzu viel über die wirkliche Wesenheit und Bedeutung des Christus erfahren. Eigentlich hatte ich nur dasjenige aufgenommen, was die katholischen Priester und Religionslehrer vermittelt hatten. Und – wie bereits geschildert – vermochten diese es nicht einmal, zwischen Jesus und Christus zu unterscheiden. Zu meinem Glück hatte mir mein Schwager Paul nach meinem Tod einiges über den Christus vorgetragen, so dass ich mein Halbwissen doch erheblich erweitern konnte. Somit war es mir dann letztlich auch möglich, den Abgrund zu überschreiten. Es war aber nicht so einfach, da es eigentlich erforderlich gewesen wäre, die Verbindung zu Christus im Erdenleben zu suchen.

Mein Interesse für mein verflossenes Erdenleben und auch für die mit mir in diesem Leben verbundenen Menschen nahm jetzt mehr und mehr ab. Auch die Erinnerungen wurden schwächer. Mir wurde klar, dass diese Erinnerungen aber von Christus weitergetragen wurden. Nur dadurch, dass er mich in der Sonnensphäre begleitete, war es mir möglich, meine Erinnerungen aufrechtzuerhalten und weiterhin zu den mir nahe stehenden Seelen zu finden.

Bis einschließlich der Venussphäre ist es recht einfach, sich an sein letztes Leben zu erinnern und mit bestimmten Seelen zusammenzukommen. Jetzt – in der höchsten Region der Seelenwelt – ist das nur noch möglich, wenn man ein Verständnis für das Mysterium von Golgatha gewonnen hat, an das man dann anknüpfen kann.

Nun erwuchs in mir ein reges Interesse dafür, mitzuerleben, was sich aktuell auf der Erde zutrug. Schließlich werde ich eines Tages wieder auf der Erde leben, und mit diesem Leben käme ich nur schlecht zurecht, wenn ich mich nicht zuvor ein wenig mit dem befassen würde, was auf der Erde so alles getrieben wird. Die irdische Welt trat immer mehr an mich heran.

Viele Entwicklungen und Trends, die ich nun bei der Erdenmenschheit wahrnehmen konnte, waren und sind sehr unerfreulich. Es scheint Ahriman immer mehr zu gelingen, einen Großteil der Menschheit in den finsteren Sumpf der materialistischen Weltanschauung zu führen.

Meine Weisheit wurde immer größer. Langsam begann ich, alles, was um mich herum geschah, immer besser verstehen zu können. Mir wurde jetzt gewahr, was mich mit anderen Seelen verbindet. Ich bekam ein Gefühl dafür, dass meine Lebensverhältnisse einen ganz bestimmten Fortgang meines Schicksals zur Folge haben werden. Ich ahnte erstmals ganz deutlich, zu welchen Seelen ich in späteren Inkarnationen in bestimmte Beziehungen kommen muss, um mein Karma ausgleichen bzw. ausleben zu können. Ich sah, wie die Lebensschicksalsfäden in der Zukunft gestaltet werden müssen. Jetzt hatte ich auch Interesse an solchen Seelen, mit denen ich bisher nichts zu tun hatte, die aber zukünftig schicksalsmäßig mit mir verbunden sein werden. Ich fühlte mich ganz eins mit meinem Schicksal. In diesem Zusammenhang kam ich auch immer mehr an die Engelwesenheiten der höheren Reiche heran.

Wie bereits angedeutet ist das gesamte Leben in den höheren Welten ein äußerst aktives. Hier in der Sonnensphäre, der höchsten Region der Seelenwelt, ist die Aktivität der entkörperten Seelen besonders hoch. Man hat unglaublich viel zu tun.

Zunächst durfte ich im Verein mit den Engelwesen an der keimartigen Entstehung des Erdenmenschen für meine nächste Inkarnation arbeiten. Es muss hier und auch noch später in der Geisteswelt gelingen, die richtigen Kräfte aus dem Kosmos zu ziehen, die für den Aufbau der neuen Leiblichkeit benötigt werden. Bei dieser Arbeit handelt es sich um eine großartigere und erhabenere als jede, die ein Mensch auf der Erde jemals auf irgendeinem Gebiet verrichten könnte.

Dann – einige Zeit später – begann ich unter Anleitung der Engelwesen, an dem Grundmuster meiner nächsten Inkarnation zu arbeiten. Mittlerweile waren mir ja alle meine Unvollkommenheiten und unrechtmäßigen Taten aus meiner letzten Inkarnation bewusst. Mir war klar, dass diese im nächsten Leben ausgeglichen werden müssen. Welchen Individualitäten ich wieder begegnen muss, ist mir ja schon zum Teil deutlich geworden, als ich mein letztes Erdenleben im Kamaloka noch einmal durchlaufen hatte. Schon jetzt wurde mein neues Erdenleben in seinen groben Zügen geplant.

Es ist nach Ihrer Zeitrechnung vermutlich erst wenige Jahre her, dass ich reif wurde, die geistige Welt zu betreten. Das ist diejenige Welt, die in den meisten Religionen als »Himmel« bezeichnet wird.

Übrigens, die Redensart »im siebten Himmel sein« als Beschreibung für ein Gefühl allergrößter Glückseligkeit kommt nicht von ungefähr. Wie ich aus den Schriften Rudolf Steiners weiß, gibt es in der Tat sieben Himmel bzw. sieben Regionen der geistigen Welt. Auch in der Bibel ist von mehreren Himmeln, im Koran sogar explizit von *sieben* Himmeln die Rede.

Ich hatte in der Seelenwelt alles abgestreift, was mich noch an mein letztes Erdenleben gekettet hatte und in der geistigen Welt keine Berechtigung mehr hat. Mir war absolut klar geworden, dass alle Leiden, die ich bisweilen in der Seelenwelt zu ertragen hatte, als Folge meiner Unzulänglichkeiten und Unvollkommenheiten aufgetreten waren. Daraus erwachte in mir der starke Impuls, es in meiner nächsten Inkarnation besser zu machen.

Jetzt war ich also in der ersten himmlischen Region angelangt. Meine geistig-seelische Wesenheit begann nun, sich über die Sphäre der Sonne hinaus weiter in den planetarischen Kosmos auszudehnen.

Das Leben in der geistigen Welt hat noch einmal eine ganz andere Qualität und ist von einer viel höheren Erhabenheit als das Leben in der Seelenwelt, selbst als das in der Sonnensphäre. Es war für mich schon sehr schwierig, die Beschaffenheit sowie die Verhältnisse der Seelenwelt zu schildern. Was die geistige Welt angeht, so ist das nahezu unmöglich, es in Worte einer Menschensprache zu gießen. Daher kann ich hier auch nur einige Andeutungen machen.

Diese erste Region der geistigen Welt, für die mir nun das Bewusstsein aufging, ist das Gebiet der Throne. Das sind diejenigen Götter, diejenigen Engelwesenheiten, die auf der dritthöchsten Stufe stehen. Über ihnen stehen nur noch die Cherubim und Seraphim. Dann kommt schon die göttliche Trinität.

Wie ich bereits angedeutet habe, gibt es in der physischen Welt nichts, was nicht seinen Ursprung in der geistigen Welt hat. In dieser Region, in der ich mich seit kurzem und vermutlich noch für lange Zeit befinde, sind die Urbilder der Mineralien sowie der Pflanzen-, Tier- und Menschenformen, soweit nur das Physische in Betracht kommt, zu finden. Als ich noch auf der Erde verkörpert war, lernte ich nur den schattenhaften Abglanz dieser Urbilder kennen, die ich mit meinen an das Werkzeug des physischen Gehirns gebunden Gedanken erfassen konnte. Nun kann ich erleben, dass hinter diesen Gedanken ganz reale Wesenheiten stehen. Etwas plakativ gesprochen befinde ich mich in einer Werkstatt, in der alles geformt und gebildet wird, was sich an physischen Dingen auf der Erde befindet. Ich kann jetzt erkennen, wie diejenigen Dinge, von denen ich im Erdenleben eine Anschauung haben konnte, *wirklich* entstehen.

Mir wurde jetzt gewahr, dass mein abgelegter physischer Körper, an den ich immer noch eine Erinnerung habe, ebenfalls eine Gedankenwesenheit und somit etwas, was der äußeren Welt angehört, ist. Ich erkenne meine Verwandtschaft mit allen physischen Dingen. In gleichem Maße fühle ich immer deutlicher, dass ich in meinem geistigen Wesen der Geisteswelt angehöre.

In der geistigen Welt nimmt die Bedeutung der Visionen, die mir in der Seelenwelt gegenübertraten, mehr und mehr ab. Dafür nimmt das, was ich nun geistig hören kann, kontinuierlich an Bedeutung zu. Die geistigen Geräusche, die ich nun zu vernehmen vermag, stammen unter anderem von dem Gang, dem Zusammenwirken und Zusammenklingen der Planeten. Das Tönen des Kosmos, das Lauschen der Sphärenmusik, macht einen wesentlichen Teil meiner jetzigen Wahrnehmung aus. Ich habe den Eindruck, dass die Klänge sich immer mehr in Sprache verwandeln, nicht aber in die Sprache der Menschen, sondern in die Sprache der Götter, jene Sprache, mit der alles geschaffen wurde, wie ja auch die Schöpfungsgeschichte erzählt.

Hier in der geistigen Welt lebt man als Geist unter Geistern. Aus meinem Erdenleben hat nur noch dasjenige einen Wert, was ich an spirituellen Gedanken und Impulsen aufgenommen habe. Alles Persönliche hat hier keine Bedeutung mehr. Die Persönlichkeit Johann Hanke spielt spätestens hier keine Rolle mehr. Ich kann mich jetzt als das Geistwesen, als die ewige Individualität, die in einer von sehr vielen Verkörperungen als Johann Hanke auf der Erde wandelte, erkennen und verstehen. Man kann in dieser Welt nur dann ein bewusstes Leben führen und zu einem geselligen Geist werden, wenn man sich in seiner irdischen Inkarnation mit Spiritualität durchdrungen hat. Die zahllosen Seelen, die in ihrer letzten Inkarnation nichts von Spiritualität und Religiosität wissen wollten, sind jetzt sehr einsam und haben ein stark herabgedämpftes Bewusstsein.

Nun muss ich Ihnen noch von einem Vorgang berichten, den ich erst seit kurzer Zeit durchmachen darf und der besonders schwer zu schildern ist.

Wie jeder Mensch bin ich ja in meinem letzten Leben mit den unterschiedlichsten Zeitgenossen zusammengekommen, zu denen ich freundschaftliche und liebevolle, aber auch schwierige und lieblose Beziehungen anknüpfen konnte. Diese Verhältnisse und Beziehungen treten mir jetzt in der ersten Region der Geisteswelt noch einmal entgegen, und zwar als lebendige Gedankenwesenheiten. Diese Verhältnisse durchlebe ich noch einmal.

Dieses erneute Erleben hat nun nichts mehr mit Läuterung oder einer moralischen Bewertung zu tun, wie das in der Seelenwelt der Fall war. Ich erlebe es jetzt vielmehr von einer tätigen Seite, aus einer höheren, geistigen Warte. Alle diese positiven Beziehungen, die ich im Erdenleben gepflogen habe, werden in mir lebendig, meine Familienliebe, meine Freundschaften und Kameradschaften. Dadurch werden meine Fähigkeiten, solche Verhältnisse pflegen zu können, noch gesteigert, so dass ich in dieser Hinsicht im nächsten Leben noch vollkommenere, noch liebevollere, noch freundschaftlichere Beziehungen pflegen kann. Die alltäglichen Verhältnisse, die mein Erdenleben ausgemacht haben, können hier reifen. Mit all den Menschenseelen, zu denen ich im Erdenleben ein Verhältnis gewinnen konnte, sowie mit vielen anderen, die ich erst in den höheren Welten kennengelernt habe, lebe ich in der geistigen Welt nach wie vor zusammen.

Zum Schluss meiner Erzählung möchte ich noch von einer höchst spannenden Erfahrung schildern. Jetzt in der Geisteswelt ist es mir auch möglich, immer wieder einmal einen Blick auf viele meiner früheren Erdenleben zu werfen. Dadurch konnte mir klarwerden, wie die karmischen Fäden mit anderen Individualitäten über mehrere Inkarnationen gesponnen und weitergeführt wurden. Ich konnte nun auch verstehen, warum ich in meinem letzten Leben bestimmte Erfahrungen machen musste.

Aus vier dieser früheren Inkarnationen möchte ich nun ein paar wichtige Begebenheiten schildern, die auch klarmachen können, warum sich in meiner letzten Verkörperung die Verhältnisse zu gewissen Mitmenschen so ergeben hatten.

Aus meinem vorletzten Erdenleben gibt es nicht viel zu schildern, da es nur etwa achtzehn Jahre währte. Kurz vor Ausbruch des Dreißigjährigen Krieges inkarnierte ich mich in Schweden als Sohn einer Bürgerfamilie.

Als ich ungefähr siebzehn Jahre alt war, verdingte ich mich auf Anraten meines Vaters als Soldat. Mit meiner Truppe fielen wir in Norddeutschland ein, wo es schon bald zu einem regelrechten Gemetzel kam, bei dem ich durch eine gegnerische Lanze schwer verwundet wurde und noch auf dem Schlachtfeld starb.

In meinem damaligen Vater erkannte ich diejenige Individualität, die sich in meinem letzten Leben als meine Schwester Margarethe verkörperte. Einer meiner Kriegsgefährten inkarnierte sich später als mein Schüler Otto Hoffmann.

Vermutlich steckten in meinem letzten Leben diese grausamen Kampfhandlungen noch so stark in meinem Unterbewusstsein, dass ich schon als Kind Balgereien und Prügeleien fürchtete und ihnen strikt aus dem Wege ging, weswegen mich meine Spielkameraden manchmal als Feigling beschimpften.

In meiner drittletzten Inkarnation lebte ich im frühen Mittelalter als Tochter eines armen Bauern in Frankreich. Es war ein Leben, das von Entbehrungen und harter Arbeit geprägt war. Vom frühen Morgen bis zum Abend musste ich mit meinen fünf Geschwistern und meinen Eltern auf dem Landgut, das einem Adeligen gehörte, schwer arbeiten.

Obwohl meine Eltern sehr arm waren, hielten sie es für ihre Christenpflicht, ein kleines Mädchen aus der Nachbarschaft, deren Eltern kurz zuvor gestorben waren, in unserem bescheidenen Häuschen aufzunehmen und großzuziehen. Das Mädchen hieß Marie und war ein paar Jahre jünger als ich. Marie, die natürlich genau so hart arbeiten musste wie wir, war ganz auf mich fixiert. Sie hatte mich sehr lieb und suchte – wann immer es möglich war – meine Nähe. Ich konnte diese große Zuneigung nicht teilen. Ganz im Gegenteil – ich mochte sie einfach nicht. Immer wieder stieß ich sie von mir, wenn sie etwas von mir wünschte. Manchmal verpetzte ich sie sogar bei meinen Eltern, wenn sie ihre Arbeit nicht ordentlich erledigt hatte. Das brachte ihr bisweilen eine Tracht Prügel ein. Auch als wir beide erwachsen waren, änderte sich an unserem Verhältnis nichts.

Diese Marie verkörperte sich dann im 19. Jahrhundert als meine kleine Schwester Babsi. Vermutlich war mir in meinem Unterbewusstsein klar, dass ich an dieser Seele einiges gutzumachen hatte. Das ist mir dann wohl auch geglückt. Meine Schwester hatte ich sehr, sehr lieb, und ich verbrachte viel Zeit mit ihr.

Ich pflegte in jenem Leben ein sehr gutes Verhältnis zu unserem Dorfpfarrer, der auch den Bibelunterricht, an dem ich regelmäßig mit großer Freude teilnahm, leitete. Zu ihm konnte ich stets mit allen meinen kleinen und großen Sorgen kommen. Er wusste meistens Rat.

Die Individualität dieses Pfarrers war keine andere als diejenige, die ich in meiner letzten Inkarnation in der Person meines Jugendfreundes Maximilian wiedergetroffen hatte.

Im Nachbardorf lebte ein junger Mann namens Jaques. Sein Vater war ein reicher Gutsbesitzer, der in der Region ein hohes Ansehen genoss. Jaques und ich trafen uns oft nach dem sonntäglichen Gottesdienst und machten einen gemeinsamen Spaziergang. Schon bald verliebten wir uns bis über beide Ohren und wollten heiraten. Aber Jaques Vater war strikt dagegen, weil ich aus ärmlichen Verhältnissen stammte und somit als Frau seines Sohnes nicht standesgemäß war. Wir litten beide unser ganzes Leben darunter, dass wir nicht zusammenkommen durften. Auch dem Pfarrer, den ich um Hilfe bat, gelang es nicht, Jaques Vater umzustimmen.

Mir wurde bei der Betrachtung dieser Inkarnation sofort klar, dass es sich bei Jaques um keine andere Individualität handelte als diejenige, die sich in meinem letzten Leben als meine Hedwig inkarniert hatte. Jaques Vater wurde in meinem letzten Leben mein Sohn Gotthold. Nach unserem Tod nahmen Jaques und ich uns in der geistigen Welt ganz fest vor, alles zu veranlassen, um im nächsten Leben zusammenkommen zu können, was ja auch gelungen ist.

In einer weiteren Inkarnation, von der ich erzählen möchte, lebte ich kurz vor Christi Geburt im antiken Rom. Ich war in diesem Leben ein wohlhabender und sehr angesehener Bürger. Wie viele andere Zeitgenossen, die sich das leisten konnten, hielt ich eine ganze Reihe Sklaven. Ich war ein sehr strenger Herr, der seine Sklaven oftmals ziemlich hart, lieblos und ungerecht behandelte. Besonders zwei von ihnen hatten unter mir sehr zu leiden. Unter meinen Sklaven war jedoch einer, den ich sehr schätzte und bevorzugt behandelte. Sein Name war Arminius.

Die zwei Sklaven, mit denen ich besonders streng und lieblos umgegangen war, traf ich in meinem letzten Leben wieder. Es waren mein Mathelehrer, Herr Grewe, und mein ungeliebter Mentor, Herr Hillebrand. Der Sklave Arminius trat in meinem letzten Leben als mein überaus geschätzter Kollege Fitzke auf den physischen Plan.

Mit meiner Gattin Stella führte ich eine glückliche Ehe. Sie schenkte mir neun Kinder. Zwei von ihnen hatte ich besonders lieb: Meine Tochter Quinta und meinen Sohn Lucius. Die beiden förderte ich auf allen Ebenen.

Die Individualität, die sich in jenem Leben als meine Frau Stella inkarnierte, verkörperte sich dann knapp zweitausend Jahre später als meine geliebte Tochter Babsi. Mein damaliger Sohn Lucius wurde in meinem letzten Leben meine Großmutter, zu der ich stets ein sehr gutes Verhältnis pflegte. Quinta trat in der Persönlichkeit meines Jugendschwarms, der ich insgeheim den Namen Ursula gab, auf.

Der Blick auf ein noch weiter zurückliegendes Leben führte mich in die Zeit der ägyptischen Hochkultur. Meine damalige Leidenschaft galt der Astrologie. Ich galt als ein anerkannter Sternenkundiger.

In dieser Epoche waren die meisten Menschen noch mit einer ganz natürlichen Hellsichtigkeit begabt. Es war ihnen also möglich, in die geistige Welt zu schauen. Sie konnten ihre Götter, die im Grunde keine anderen als die Engelwesenheiten waren, sehen und erkennen, was diese von ihnen wollten. Auch die Astrologie basierte damals auf der geistigen Schau. Um mich scharten sich eine ganze Reihe Menschen, die ich über meine Erkenntnisse unterrichtete. Ich ging ganz in dieser Arbeit auf, so dass ich auch weder die Zeit noch das Interesse fand, eine Frau zu suchen und eine Familie zu gründen.

Unter diesen Individualitäten, die ich lehrte, hatte ich einen Lieblingsschüler, der schon bald ähnlich viel wusste wie ich. Diese Persönlichkeit trat in meinem letzten Erdenleben als mein Schwager Paul auf. Auch einige weitere Schüler traf ich in späteren Leben wieder. Einer von ihnen wurde in meiner Inkarnation im alten Rom meine Tochter Quinta, die sich dann ja später als mein Jugendschwarm Ursula inkarnierte. Zwei weitere Individualitäten wurden in meinem Leben im frühen Mittelalter meine Geschwister. Auch meine Hedwig spielte in diesem Leben eine Rolle. Sie war als Mann inkarniert und hatte sich ebenfalls der Sternendeutung verschrieben. Wir trafen uns hin und wieder und tauschten unsere Gedanken aus.

Nun sind Sie auf dem aktuellen Stand, was mein bisheriges Leben in den höheren Welten bis einschließlich der ersten Region der geistigen Welt, in der ich gerade bin, anbelangt.

Inwieweit meine spirituelle Reife ausreicht, um später auch in den noch höheren Partien der Geisteswelt ein bewusstes Erleben haben zu können, kann ich natürlich nicht sagen. Die weitaus meisten Seelen werden diese Regionen nur berühren, nicht bewusst durchlaufen können.

Dank der Erkenntnisse Rudolf Steiners weiß ich, dass irgendwann der Zeitpunkt kommt, dass sich meine geistig-seelische Wesenheit wieder mehr und mehr zusammenziehen wird und dass ich die Planetensphären dann rückwärts durchlaufen werde, bis ich mich wieder mit dem Embryo verbinden werde, der zu meinem physischen Körper meines nächsten Erdenlebens wird.

In dieser langen Zeitspanne, die nach irdischen Maßstäben durchaus ein paar Jahrhunderte betragen kann, werde ich im Verein mit den Engelwesen der höheren und höchsten Stufen die Arbeiten fortsetzen, die ja schon in keimartigen Ansätzen begonnen haben. Es geht also zunächst darum, die Leiblichkeit für meine nächste Inkarnation vorzubereiten. Dann müssen die karmischen Pläne weiter ausgearbeitet und verfeinert werden.

Dass es sich hierbei um äußerst komplexe Aufgaben handelt, die ungleich schwieriger sind als alles, was ein Erdenmensch jemals leisten oder sich auch nur vorstellen kann, liegt auf der Hand. Aber zum einen bin ich jetzt schon deutlich weiser als die weitaus meisten Erdenmenschen und zum anderen werde ich dabei von den mächtigen Göttern angeleitet und unterstützt.

Wenn ich dann eines Tages wieder als verkörperter Mensch, als eine andere Persönlichkeit meiner ewigen Individualität auf die Erde komme, werde ich *vermutlich* wieder alles vergessen haben, was ich in den höheren Welten erleben und erfahren durfte. Nur mein Ge*wissen* wird mir als Erbstück, als verhülltes *Wissen* aus meiner vorgeburtlichen Zeit bleiben...

Ich könnte Ihnen noch vieles weitere über mein Leben in der Seelenwelt und insbesondere in der geistigen Welt berichten. Wie bereits erwähnt geschieht in diesen übersinnlichen Welten immer derart viel, dass man gar nicht alles fassen und somit auch nicht alles schildern kann. Darüber hinaus ist vieles einfach nicht in eine menschliche Sprache zu gießen.
Außerdem werden *Sie* eines Tages auch wieder alle diese Erlebnisse haben dürfen.

Vielleicht darf ich Ihnen zum Schluss noch einen Rat geben:
Nehmen Sie sich hin und wieder die Zeit, sich zumindest ein wenig damit zu beschäftigen, was nach Ihrem Tod so alles auf Sie zukommen wird. Nur so wird es Ihnen dann möglich sein, das, was Sie dann erleben werden, zumindest einigermaßen richtig verstehen und einordnen zu können.

Das Licht für die höheren Welten müssen Sie in Ihrem Erdenleben entzünden!

✳ ✳ ✳ ✳ ✳ ✳ ✳

Quellennachweis

Die spirituellen Darstellungen in diesem Buch sind weitgehend den geisteswissenschaftlichen Erkenntnissen Rudolf Steiners entlehnt, wie sie unter anderem in seinen Werken *»Theosophie«* (GA 9), *»Die Geheimwissenschaft im Umriss«* (GA 13), *»Okkulte Untersuchungen über das Leben zwischen Tod und neuer Geburt«* (GA 140), *»Das Leben zwischen dem Tode und der neuen Geburt im Verhältnis zu den kosmischen Tatsachen«* (GA 141) sowie *»Inneres Wesen des Menschen und Leben zwischen Tod und neuer Geburt«* (GA 153) dargelegt sind.

Hat Ihnen dieses Buch gefallen?

Dann nehmen Sie sich doch bitte zwei Minuten Zeit, um es auf **Amazon** zu bewerten.

Durch möglichst viele Rezensionen erhöht sich die Wahrscheinlichkeit, dass auch andere Menschen auf dieses Buch aufmerksam werden können.

Vielen Dank für Ihre Zeit und Ihre Mühe!

Die spirituelle Seite des Todes

Christus-Impuls, Reinkarnation,
Leben nach dem Tod und
Sinn des Lebens

© 2019 Justen, Josef F.

BoD – Books on Demand,
Norderstedt

ISBN: 9783732284955

Der Autor gibt in diesem Werk in einer sehr sachlichen und dennoch durchaus spannenden Weise Antworten auf viele spirituelle Fragen und beleuchtet geistige Hintergründe, welche die Seelen vieler Zeitgenossen bewegen.

Neben einer eingehenden Behandlung der Reinkarnationsfrage beschreibt er insbesondere in großer Ausführlichkeit, was die Seele eines verstorbenen Menschen in den geistigen Welten erfährt und erlebt. Diese ungewöhnlich detaillierten Darstellungen orientieren sich in erster Linie an dem großen Wissensschatz der Anthroposophie. Sie berücksichtigen aber sehr wohl auch Schilderungen anderer Quellen, die heute ebenfalls jedem zugänglich sind.

© 2019 Justen, Josef F.

BoD – Books on Demand,
Norderstedt

ISBN: 9783749429271

© 2019 Justen, Josef F.

BoD – Books on Demand,
Norderstedt

ISBN: 9783749471942

Die Geschichten, die in diesen Büchern erzählt werden, handeln von Gott, von Engeln und von Menschen, von ganz gewöhnlichen, von besonderen und von höchst außergewöhnlichen Menschen.

Alle Geschichten weisen unter der Oberfläche der Erzählung einen tiefen spirituellen Gehalt auf, der zum Nachdenken anregt und die Frage aufwirft:

»Was ist die Moral von der Geschichte?«

Sie sind für Groß und Klein (etwa ab 14 Jahre) gleichermaßen geeignet.